# 白血病からの生還
# 闘病せず

櫻井妙子

元就出版社

# まえがき

当時十五歳だった私の長男は、平成七年十一月二十四日から同年十二月十五日にかけて約二十日あまり、都立K病院に入院しておりました。

病名は、「急性リンパ性白血病」。

その年の十二月十五日は、息子の十六歳の誕生日でした。

その時の血液の状態は、白血球は三百、血小板は二万ちょっと、普通なら外泊などできないと今では思うのですが、入院後、発熱もなく状態がよいということで、担当の先生が許可され、一時外泊という形で帰宅いたしました。

その後そのまま退院させ、民間療法のみで治療もせず、再入院することも抗がん剤治療をすることもなく丸七年を迎え、今年で八年目に入りました。

化学療法をせずに、今日まで何事もなく過ごせてきたことは、現代医学においては恐らく奇跡ではないかと思っております。

病名とその後の治療中止に至るまでの経緯について多くを語らず七年間沈黙を守っていたのは、五年生存率にこだわっていたことと、もう大丈夫と私が納得し確信するのに必要な時間でした。

早い段階で私がしたことをすべて話したところで、誰がそれを理解し、息子の治癒を信じてくれたでしょうか。

人に相談したり、私のしたことを話すことは、私自身が余計なプレッシャーを感じることに他ならず、自分の直感を信じ、雑念のない無の心でただ我が子の治癒のみを願いました。

そんな悲壮感溢れる決意で治療を中断したのですが、一年が過ぎる頃より私の不安は次第に少なくなり、あっという間に時は流れていきました。

現在息子は大学四年、希望の就職先に内定をいただき、平成十四年十一月にはヨーロッパに友人二人と約一ヵ月卒業旅行もして、人並みに青春を謳歌して充実した毎日を元気に過ごしております。

平成十四年十二月十五日には二十三歳になりました。

再発の危険がなくなるまで、私たちの体験は閉ざされた状態で今日に至りました。

社会人になる息子にも、そろそろ当時の本当のことを話してもいいように思います。

活動的で明るく素直に育ってくれた息子に、八年前の私と主人二人が決断するに至った経緯と息子への深い思いをわかってもらえたらと思います。

私の記憶がまだ残っているうちに、書き残しておくことは私の仕事でもあり、責任だと思いました。

息子は治療で治ったと今でも信じているので、ハーブを飲むことを拒否することが度々あります。

まさか、私が医者の反対を押し切ってまで治療を途中で中断し、毎日飲ませていたハーブで病気が治ったとは想像もしていないのです。

もしもこの事実を知ったら、何がしかショックを受けるかも知れませんが、この事実とハーブの素晴らしさを理解し、病気予防のために自ら進んで飲んで欲しいと願っています。

ハーブティーを飲んだだけ、ただそれだけですが、もしあのまま現代医療だけに頼っていたとしたら、その後の私たち家族の人生は大きく変わっていたと思います。

私に治療を中断するきっかけと原動力を与えてくれたハーブの歴史については、巻末に紹介したいと思います。

どうかがんという言葉に怯《おび》えないで下さい。私たちのような経過で末期がんを治している人間がいるという事実、そして誰にでもそのチャンスがあるかもしれないということを知って欲しいのです。

私たち家族の体験を話すことで、一人でも多くのがん患者、そしてその家族の方々に、希望を持っていただけたら幸いです。

# 闘病せず――目次

# 闘病せず

～白血病からの生還～

# ハーブとの出会い

平成七年六月頃、私は本当に偶然、このハーブのことを知りました。それは長女の部活が同じ演劇部ということで顔見知りになっていた娘の友人のお母様と、文化祭でお会いしたことから始まりました。

演劇部の舞台を見終わり、「お茶でもご一緒にしましょう」ということで、その方と初めてゆっくりとお話をする時間を持ったのです。いろいろな会話の中で、たまたま、「がんの特効薬で、たくさんの方を治しているハーブがあるのよ」と、このハーブのことが話題に上りました。

私はその内容にとても興味を持ち、後日、改めて彼女の言っていたハーブについて調べてみました。

このハーブの歴史は、インディアンの秘薬として太古から伝えられてきたものであること。

そして、このハーブが健康飲料として広く一般の方たちに手軽に飲めるようになるまでの永い闘いの歴史を知りました。このハーブは、「身体を浄化し、大自然の精霊と人体の調和を取り戻す神聖な飲み物」である薬草茶でした。

八種類のハーブで処方されているこの薬草茶が、自然治癒力を高めることができるのは、これらの薬草の微妙な調合バランスにあること。

抗毒作用、浄血作用、制癌《せいがん》作用、新陳代謝の促進と、それぞれのハーブが持つ薬効を互いに協調し合い、最高の相乗効果をあげるための調合比率でこのハーブが存在し、実際に一九二〇年代から外国でもたくさんのがん患者を治しているという記述を見ました。

一通り読み、このハーブの歴史にとても感動し、この理論に共感を覚えました。

私は、直感的に「これはすごいものに出会えた」と思いました。

その夜、帰宅した主人に、

「うちはがんでは死なないわよ」と、話したのを覚えています。

平成元年十一月の始めに、私の兄は四十二歳で脳内出血により急死しました。

当時、主人は出張で外国へ出かけていて、私は主人が出かけることに胸騒ぎを感じ、何となく嫌だなと思っていました。

そして出張した翌日、子供たちと夕食を終え、寝る支度をしている時に、父からの電話を受けました。私はびっくりして、

「どうしたの？　こんなに夜遅く何かあったの？」と尋ねると、父は、「お兄ちゃんが倒れて、今手術をしているんだよ」と、ひどく落ち込んだ様子で涙声で答えました。私は一瞬言葉を飲み込み、恐る恐る、「何の手術？」と父に尋ねました。「脳内出血で倒れて緊急手術ということだけれど、大丈夫だから心配しないでいいよ」と、父は私に心配をかけまいと平静を装い言いました。驚いて、「すぐに行くから」という私に、父は「大丈夫だから」と気丈に答えていましたが、父の声の様子に言葉とは裏腹なただならぬ気配を感じた私は、電話を切った後、子供たちと二階にいる祖父母に電話の内容を話し、後のことを頼んで急いで夜の山手線に飛び乗りました。

私の胸騒ぎはこれだったのかと、電車の窓から流れる景色を見ながら、私の心は深く沈んでいました。

病院につくと、家族全員が待合室で手術が終わるのを待っていました。どのような状況かわからない不安の中、手術が終わるのを待つしかありませんでした。

兄は、大学卒業後に父の跡を継いで建設業に従事していました。身体を休める暇もなく、昼も夜も忙しい日が続いていました。その日も夜間の仕事があり、倒れる少し前からフラフラして様子がおかしく、そこで兄は倒れ、救急車の中で次第に意識が無くなっていったということを待合室で聞かされました。

手術室から戻った兄は、集中治療室に入り、担当医から脳死の宣告を受け、十日後に亡くなってしまいました。親より先に、兄を亡くすとは考えたこともありませんでした。

死を現実のものとして受け入れることは、とても苦しいことでした。今まで元気でいた人が、突然目の前から消えてしまう。子供を亡くした父や母の悲しみを思うと、毎日がとてもやりきれず、この悲しみは身内を亡くした者にしかわからないのだと改めて感じました。

人はいつか死ぬ。こんな当たり前のことでも、自分の家族には起きないと思っていました。兄は、高血圧だったのにも関わらず何の治療もせず、放置していたことを後で知りました。

母は、

「あの子の様子は、ただ事ではない」と、兄が倒れる前によく言っていました。なのに私は、真剣に母の言葉に耳を傾けず、軽く考えていました。今でもそれが一番悔やまれてなりません。

兄の死をきっかけに、何とか健康で長生きできるようなものはないかと、色々な情報を求め、テレビを見たり、雑誌を読んだり、書物を読みあさるクセがつきました。

しかし残念ながら、「これはすごい」「これで病気は治るかもしれない」と、私が思うようなものにはなかなか出会えませんでした。兄の死から七年、このハーブのことを知った時、私は直感的に「これはすごい」と本当に思えました。

その頃、私の母は七十代になっていました。兄が亡くなったことで、気力が衰え、布団は引いたままで、寝たり起きたりの生活をしていました。

私は、母に健康維持のために、このハーブの飲用を薦《すす》めたところ、母はすぐにハーブを飲みだしました。そうして一週間もすると、寝てばかりいた母が起き出して、家事や掃除を始め、良く動くようになりました。

それを見ていた父は、一週間ほど遅れて一緒に飲みだしました。父はとても健康に関心がある人で、残された兄の子供のためにもまだまだ頑張らなくてはいけない、と健康維持のために飲みだしたのでした。

そして、その数ヵ月後に私の息子が病気になってしまったのです。

病気になってから何かを探すなんて、きっと無理だったと思います。冷静な判断ができる時に「これはすごい」と思えるものに出会えたからこそ、自分の直感を信じて、その後ハーブだけで病気を治すことを実践できたのだと思います。

もし、これに出会えていなかったら、今日の私たち家族は存在しなかったと思います。

私は兄が私を救ってくれたと思いました。

# 発病まで

主人と私は昭和五十三年、私の大学卒業を待って結婚しました。前年の秋に、私の両親に、私との結婚を許してもらうために、主人は私の家に来ました。応対したのは父と亡くなった兄。

緊張して怖《こわ》い顔をしている父を目の前にして、主人が父の承諾を受けられるのか、私は心配でたまらず母と台所で料理の支度をしながら、話が終わるのを待ちました。

十歳年の離れた兄は、長男としてその席に同席し、事の成り行きを見守っていました。しばらくして、兄が出てきてニヤニヤ笑って私を見ています。

「ちゃんと結婚の申し込みはできたの？」と問う私に、兄はすぐには答えません。さも楽しくて仕方がないというように私をはぐらかしながら、間をおいて、

「いやあ、男らしく、お前を嫁に欲しい。本当は来年の正月も一緒に迎えたいけれど、学生

だから卒業までは待ちます。でも卒業したらお嬢さんをいただきたい、ってはっきりと親父に言ったよ。あんまりはっきり言うから、親父の方がどぎまぎして面食らっていたよ」

そう兄は私に告げて、また部屋に戻りました。同じ男として、主人がどう結婚の話をするのか、楽しんで見ていた兄の様子が、私の心に今も残っています。

父の許しも得て、翌年に私たちは結婚しました。

同年に長女、翌年に年子で長男。五歳はなれて次男と、三人の子宝に恵まれました。優しい主人と元気のいい子供たちに囲まれ、私はとても幸せでした。

上の二人は年子でいつも一緒。遊ぶのも眠るのも一緒だった二人は、今でも仲良しです。

長男は小さい時から、人に迷惑をかけたりするということがなかったせいか、私に本気で叱られたことはほとんどありませんでした。

いつも明るく、優しくて、私にとってこんなにいい子はいませんでした。もちろん、長女も同じように可愛いのですが、やはり女親にとって初めての男の子は、異性として特別な存在だったのかも知れません。

小学校四年から本格的に中学受験の準備をはじめ、その頃から、

「お母さん、どこの中学が一番いいかな?」と言うので、

「K大学付属中学があなたに向いていると思うし、あそこに入れたらお母さんはとっても嬉しいけど」と言うと、

「わかった。じゃあそこにするね」と、何の屈託もなく明るく私に言うと、本人はそこを第一志望と決めていました。

がり勉タイプではなく、新しい知識を得ることが面白かったようです。復習を面倒がって、なかなか勉強しない息子に手を焼きながらの三年間でしたが、目標どおり、K大学付属中学に受かり、私にとって本当に自慢の息子に成長していました。

中学は、三年間クラス替えのない箱入り息子の状態で過ごしました。

人に迷惑はかけない良い子だけれど、門限破りは当たり前、自転車は買っても買ってもすぐ盗まれる（鍵をかけないので当たり前ですが）。

一時期は何度注意しても、いっこうに直さない息子に、「このままでは私の躾《しつけ》が悪いと思われる」と、とても腹を立てていました。もっと自分を大切にして欲しいと思って、口うるさく注意をしていました。

期待の大きい分、うるさく干渉する私がいました。息子の欠点ばかりを注意する嫌な母親になっていた時、我が家にとって運命を揺るがす大変なことが起こったのです。

# 入院

## 風邪が治らない

平成七年十一月初め頃、息子は風邪をひいてしまいました。その頃の私は、大抵の親がそう思うのと同様に、「薄着でもして風邪を引いたんだわ、まったく自己管理が悪いんだから」と、たいして気にも止めていませんでした。

小さい頃からお世話になっている町医者で薬を貰《もら》って飲んでいたのですが、なかなか良くならず、それでも「しつこい風邪だ」くらいに思っていました。

その頃の私たち親子は、子離れ親離れの時期に入っていて、なかなかじっくりと話をしたりすることもなく、顔を合わせるのは外出時と帰宅時、そして朝晩の食事の時くらいでした。

この年の夏に、我が家は家をリフォームしました。築三十年経っていて、二世帯住宅の三階に私たち家族五人が住んでいたのですが、子供たちも大きくなり大改造が必要でした。

そのために、近所に三ヵ月間引っ越しをして完成を待ちました。

当然のことながら皆が不便な生活でストレスを感じ、私は業者と細々としたことを相談しながら設計から引っ越しまで、すべて一人でやらなければいけないことが多く、半年の間かかりっきりでした。

家が完成し、九月に引っ越したばかりでしたので、やっと雑事から開放されたという思いで多少気が緩《ゆる》んでいました。そして、家族全員がようやくできた新しい家にも慣れて、快適な生活を送っていた頃でもありました。

息子は十五歳で高校一年生。体も大きく成長してきましたが、思春期で難しい時期でもあり、本人も私が口うるさく心配することを疎《うと》ましがります。なかなか風邪が治らないのに熱がどれくらいあるのか、気分がどうなのか、など答えてはくれず、会話も思うように出来ませんでした。

また、息子は学校を休まずに行っていましたので、そこまでひどいとは思いませんでした。本人も定期テストが終わっても治らなかったら、大きな病院に行くと言うので、私も仕方ないなあと思いながらも、本人に任せてしまいました。

単なる風邪という認識しかなかったので、子供の様子がどこかおかしいとか、通常の風邪以上の異常があるなんて、まったく想像もせず気がつかなかったのです。

まさか、他の病気が潜《ひそ》んでいることが原因で熱が下がらない、など考えもしませんでした。

ただひとつ、私がなんだろうと思ってぞっとしたことがありました。

何故《なぜ》あの時もっと詳しく話を聞いて、引っ張ってでもすぐに病院に連れて行かなかったのか、と悔やまれます。

それは、入院する二、三日前、テスト期間中のことです。

息子の部屋に入り、掃除をしていました。パジャマを片付けようと手に取った時、そのパジャマがぐっしょり濡れていたのです。私はあまりにも異様な濡れ方に、一瞬息を飲みました。

何故こんなに濡れているのだろう？　水でもこぼしたのだろうか？　熱でこんなに汗をかくものだろうか、と。

私は胸騒ぎを覚え、息子が学校から帰って来るまで何も手につきませんでした。

テスト中で早く帰宅した息子に、さっそくパジャマのことを聞くと、「汗だよ」と言いました。

病院に行こうと言っても、今はテスト中だから終わらないと行けないと言います。少しの間、言い争いになりましたが、本人が「テストが終わったら、かならず行くから」と言うのです。

私は心配しながらも、テスト終了まで待つことにしたのでした。

## 入院当日

十一月二十四日（金）テスト最終日、学校にいる息子から、

「テストが終わった後、友だちにすごく顔色が悪いから、帰ったほうがいいよと言われたし、体がだるいからHR（ホームルーム）は出ないで早退して病院に寄ってから帰るね」と電話が入りました。

私は自宅で家事をしながら、息子の帰りを今か今かと待っていました。

数時間後、午後一時くらいでしょうか、都立K病院にいる息子から、

「Y先生がすぐお母さんに来るように言っていて、どうしてこんなになるまで放っておいたのかって、すごく怒っているよ」と、不安げに電話が入りました。

息子は小児喘息だったので、都立K病院には以前からかかっており、担当のY先生は息子が小さい時からお世話になっていた先生です。普段はとても穏やかで優しい先生です。

先生が怒るほどの病状というのが何を意味するのか？　怖くてその先は考えることができませんでした。

私は頭の中が真っ白になり、何がなんだかわからないまま、取るものもとりあえず、急いで家から車で十分ほどの都立K病院へ向かいました。

正面玄関を入り、二階へ続くエレベーターを駆け上がって左手に曲がると、小児科がありました。三十人ほどの患者の中から、真っ青な顔をした息子が椅子に座っているのを見つけました。

私が側に駆け寄ると息子は、先ほど電話で言ったのと同じことを言いました。あたりに気を配る余裕もなく、すでにこの時、私の中で心は凍り付いていました。

待合室に息子を残し、慌《あわ》てて一人で担当のY先生にお会いしました。ひどく緊張して、胸の動悸を覚えながら診察室に入りました。

何の前置きもなく、Y先生は私が席につくのを待たずに、

「お母さん、大変だよ。命が危ない。よくこんなになるまで放っておいたね。白血球が六百しかないよ。これは普通の十分の一しかないし、血小板は六万六千しかない。赤血球も七・五グラムとかなり低い。すぐ入院させるからいいね？」と、厳しい口調で一気におっしゃいました。意味もわからぬまま、言葉の切れ端だけが飛び込んできました。

先生は私が部屋に入ったときから、私の顔をずっと見据えたままでした。その表情は何と表現したらいいのか、私は先生の厳しい表情と口調の中に、いたわりと戸惑いのようなものも同時に感じました。

今思えばその時、先生は、これから私たち家族に下される病名をすでにわかっていたので、その後の闘病と予後を心配してくださる先生の心の内が表情に表われていたのだと思います。

最後に、担当の先生が変わることも告げられました。やはりその表情は硬く、厳しいままでした。

しかし、この時点でも私は入院すれば治ると思っていました。私の子に限って、まさか命に関わるような病気などあるわけがないと信じていました。

診察室を出ると、看護婦さんと息子が私を待っていました。すでに入院の指示が出ていたので、三人はエレベーターで病室に向かいました。病室はナースセンターのすぐ目の前で、広い個室でした。

とても容体の悪い息子をベッドに寝かせるのを見届けて、看護婦さんに後のことをお願いしてから、私は急いで病室を出ました。

まず、主人に入院が決まったことを電話し、一階で入院手続きをして、入院に必要な物が書いてある書類を貰い、そのまま急いで家に帰りました。

洗面用具とパジャマ、お湯を入れたポット、ハーブティー。これらをバッグに入れ、急いで病室に戻ると、息子は静かにベッドに横たわっていました。すでにその腕には、点滴の処置がされていました。

ずいぶん長い時間二人きりでいたのですが、お互い病気のことや入院のことには触れず、また息子は、相当具合が悪そうで話すこともままならなかったので、二言三言、言葉を交わしたただけでした。

ただ、私はこんなになるまで気がつかなかった自分の不注意を息子に心から詫びると、息子は、「そんなの、お母さんのせいじゃないよ」と、私を優しくかばってくれました。

しばらくして、新しく担当となったK先生が病室にやってきました。先生は息子に変わりがないかどうかを尋ね、少し様子を見られてから病室を出ました。私はその後に続き、廊下に出ると、先生に現在の様子と今後のことを聞きました。先生は、

「今は熱を下げるための抗生物質を投与しています。この後色々な検査をして、明日すべての検査結果が出ます。詳しい説明をしますので、明日ご主人と一緒にいらしてください」とおっしゃいました。口数の少ない優しそうな先生でした。すべてを先生にお任せしよう、この時点ではそう思っていました。

先生と別れ、病室に戻る時、ふと息子の病室の入り口にかかっている担当医の札が目に入りました。先生の名前の横には、「血液内科」と書いてありました。

かなり動揺していたのでしょう。血液の先生が担当となったのに、何の病気かまったく考えようともしませんでした。私は本能的に現実から目をそらし、急激なショックから身を守っていたのかも知れません。少しずつ現実を受け入れなければ、神経がまいってしまったのだと思います。

部屋に入ると、息子は点滴も終わり、少し疲れたようでうつらうつらしていました。私は気持ちを切り替え、ハーブティーを飲ませることにしました。

これがあるから大丈夫、これがあるから絶対にすぐ治る。そう思って先生には内緒で、一日二回飲ませることにしました。

ベッドに横たわっている息子はぐったりしていて、起き上がってハーブティーを飲むことも辛そうでした。本人は、

「今、僕は辛いから飲みたくない。飲まなくちゃいけないの？」と嫌がりましたが、お母さんの一生のお願いだから、と説得し、ベッドをリクライニングにして少し上体を起こしながら、ゆっくりと一口ずつ飲ませました。

お茶を飲むことすら辛がる今の状態を見ると、今まで休まずに学校に行っていたことが信じられませんでした。

多分、テスト前の大事な時期であり、学校を休むとテスト勉強に響くのではないかということ、テストを受けないと進級できないかもしれないということ、これらが原因で具合が悪いのを我慢して、気力だけで学校に行っていたのではないか、と思いました。

それにしても、非常に具合が悪い状態だったのに、良くテストを受け通したものだと、状況を聞いた高校の担任の先生も、ビックリしていらっしゃいました。

Y先生がおっしゃっていたように、何故この子がこんなに具合が悪くなるまで気づいてあ

げられなかったのだろうと、私は自分の不甲斐なさを責めても責めても足りませんでした。

その日、息子が出された夕食をちゃんと食べられていたかどうか、どんなふうに帰ったか、主人とどんな話をしたか、心配する長女と次男にどう説明したのか、まったく思い出せません。

その日からつけ始めた日記にも、入院させたこととハーブティーを飲ませ始める、としか記述されていません。

記憶にあるのは、青白い顔をしてベッドに横たわっていた息子の姿だけです。

こうして入院生活が始まり、私は朝夕二回、一回五十ミリリットルのハーブティーを毎日欠かさず飲ませました。

## 告知

入院翌日、平成七年十一月二十五日（土）
その日の午前中、私は主人と二人で息子に会いに病室に行きました。
息子の顔色は昨日と変わらず、青白くぐったりとしていて具合が悪そうでした。
しばらくしてK先生が訪れ、「今日はほとんど平熱に戻りました」とおっしゃいました。

面談はお昼過ぎということで、主人はいったん仕事に戻りました。

私は昼食前に、リクライニングを起こし、ハーブティーを飲ませました。

面談までの数時間は、まるで死刑宣告でも受けるのに似た気持ちで落ち着かず、ベッドの周《まわ》りを片づけたり、息子の寝顔を見たりして気を紛《まぎ》らわせました。

約束の時間より少し前、主人がふたたび病室にやってきました。息子に、「先生にお話を聞いてくるね」と、声をかけて病室を後にしました。息子は少し緊張した様子で、私たちを見送ってくれました。

主人も私も緊張して言葉はなく、しかし気丈にならなくてはと張り詰めた面持ちで、ナースステーションに向かいました。

ナースステーションでK先生を呼んでいただき、そこに隣接した部屋に通されました。とても広い部屋で、いくつものテーブルやコンピューターがあり、先生や看護婦さん方がひっきりなしに出入りしている部屋でした。

先生は、検査データをファイルにして持っていらっしゃいました。

色々なデータを見せて説明して下さいましたが、その時に言われた内容は専門的で言葉が難しく、何がなんだかわからない状態であまり覚えていません。

当時、私にはそれを理解できるだけの知識がありませんでした。ですから、私は説明を受けながら心の中で、「自分の子供のことなのかしら?」「だから病名は何なのですか?」と、結果ばかり気にしていました。

　たくさんの説明をした後に先生はとうとう、

「急性リンパ性白血病です」と、病名をおっしゃいました。

「白血病ですって?」「学校は?」「この子の将来はどうなるの?」「助かるの?」

　頭の中はパニックを起こし、一瞬のうちに色々な思いが交錯していました。体はまるで雲の上にいるように感覚がありません。それでも私は、動揺を悟られないように、まるでそうすることが義務であるかのように、努めて客観的に今後どうなるのかを尋ねました。

「助かるんですか?」との私の問いに先生は、

「子供だと生存率は高いが、来月十六歳となると大人と同じ扱いなので、五年生存率は五十パーセントぐらいです」とおっしゃいました。

　先生は標準治療の計画表を見せて、治療に関する説明を色々として下さいました。その説明の後で、

「本人にはまだ告知はしないで下さい」と、私は先生にお願いしました。病気になったばかりのあの子に、こんな辛い病名を知らせるわけにはいかなかったからです。

「一年半くらい経った時には、骨髄移植をした方がいいかもしれません。告知はその時にまた考えれば良いでしょう」先生はそう言って、本人には違う病名を言うということを約束してくださいました。

最後に、今日からステロイド剤を内服していること、来週月曜日から点滴で強い抗がん剤治療を始めることを説明して下さいました。

「できる限りの治療をして、あの子を助けて下さい」そう言って、私と主人は部屋を出ました。

すぐ近くにあるエレベーターホールの横にある広いフロアに私たちは、立ち尽くしていました。誰もいなかったのか、それとも他の人が目に入らなかったのか、とにかくしばらく二人で呆然としていました。

まさかあの子がこんな病《やまい》にかかるなんて、そんなバカな。窓から見える景色は同じなのに、今の私には、知らない町の違う風景を見ているように映りました。

結婚して十七年、私が主人の涙を見たのはこれが二度目でした。一度目は私の兄が亡くなった時、そして今回が二度目。私に背を向けて目にいっぱい涙を浮かべ、息子を思い泣いていました。私もそんな主人を見て、とても悲しくなり、涙が溢れてこぼれそうになりました。

主人とは逆に、普段はちょっとしたことで泣いてしまう私ですが、この後、息子の病室にいかなくてはいけない、私がしっかりしなくてはいけない、ということが頭にあったので、泣き顔は見せられない、泣くものかと思い、涙をこらえました。

私は母親です。明るく振る舞って息子を安心させなくてはいけない。病室に戻ったら、何事もなかったように接しなければいけない。息子には一切心配をかけさせてはいけない。私はわが子のことしか考えていませんでした。

息子はどんな思いで、先生と私たちの面談が終わるのを待っていたのでしょう。あまり長く待たせると不信がられる。そう思い、主人と私は悲しみを押し殺して病室に戻りました。

「どうだったの？」と、私たちの様子を窺《うかが》うように心配そうに尋ねる息子に、私は、「先生から話を聞いてきたけど、難しい病名でよくわからなかったわ。貧血のようなもので、だけど余り心配はいらないみたいよ」と、何もなかったかのように答えました。

私は息子を直視できず、手を動かしながら軽い調子で受け流すように、それだけを言いました。息子から見た私たちは、一体どのように写っていたのでしょうか？


その後、どのように病室で過ごしたのか何も覚えていません。ただ、夕食前に忘れずにハーブティーだけを飲ませ、夕食を取らせた後、帰宅しました。

家には二人の子供が待っていて、その子たちにも心配はかけられません。どこにいても、心に鎧《よろい》をつけて、大丈夫という顔をしなければならないのです。

小さい頃、マンガの主人公が同じ病気で亡くなるのを読んだことがあります。幼《おさな》心《ごころ》にとても恐ろしい病気だと思い、主人公が亡くなるのを、悲しんで涙したことがありました。

その時と同じ病名を告げられ、恐ろしい病気とわかっていても、現実感がどうしてもともないませんでした。これから一体、何が起こってどう大変になるのか、想像がまるでつきませんでした。

その時は、とにかく私がしっかりしなくては、と思いました。告知を受けてめげそうになる自分が、比較的冷静で落ち着いていられたのは、ハーブのおかげでした。

このハーブがあれば、絶対に死ぬことはないと信じていたからです。この時はまだ治療中断までは考えていなかったので、現代医学で「もうダメだ」と言われた時にこのハーブで治せばいい、末期がんで医師から見放された人だって助かったのだから、息子は助かる。そう思うことで、告知によるショックを和《やわ》らげていました。


家に帰り、息子の担任の先生に経過を報告するために電話をかけました。すべてを説明すると、

「本当ですか？」と、先生は驚きを隠しませんでした。

告知をされた際、K先生に、学校にはどのように話したらよいのかを相談しましたら、あまり本当のことは診断書には書かないと言われておりましたので、そのことをそのまま担任の先生にお話しました。

ここに至っては、担任の先生には事実を知ってもらい、相談しなければなりません。

本人には一番良い形で事務手続きをしましょうとおっしゃっていただき、無理をしないで下さい、と気を使ってくださいました。

私は、もう学校には行けないかもしれないと思っていました。K先生はある程度良くなったら、学校には通えるとおっしゃっていました。しかし、長期入院が必要な病気で、登校できるとはとうてい思えません。命を助けること、それが何よりも最優先でしたので、それ以外は何も考えられませんでした。

先生との電話を終えた後、二世帯住宅で二階に住んでいる義父母に報告に行きました。病名を告げたとき、母が可哀そうに、といってぽろぽろ涙を流しました。

私はその時、「死んだわけではないのに泣かないで欲しい。私はあの子を絶対に助けるんだから、泣いている暇なんてない！」と、心の中で強く反発を感じました。こんなに大切な我が子を苦しめるものか、という強い思いで一杯でした。

私は負けられない。私が生きてゆけなくなるようなことを神様は絶対にしない。信じて信じて、自分で納得できる最良の方法で乗り切ってみせる、そんな思いで心の中はいっぱいでした。

この日からステロイド剤を飲み始めました。来週からは抗がん剤投与です。先生は治療について息子に説明をしていたので、私たちからは何も告げませんでした。

こうして、病気との闘いが始まりました。

病名については後日、先生のほうから貧血の重いもの、汎血球減少症であると、本人に説明をしていただいたと思います。

あの子は私たちに心配をかけまいと、常に明るく振る舞ってくれていました。息子は、本当はどう思っていたのでしょうか？　心の中でどう感じていたのでしょうか？

七年経った今でも、その当時の気持ちを聞くことも話すこともできません。お互いに触れたくない、話題にしたくないことなのです。

## 抗がん剤開始

平成七年十一月二十七日（月）

本日より、完全寛解《かんかい》を目的とした寛解導入療法が始まりました。

月曜日から金曜日まで、連続して抗がん剤が投与されます。治療が効果をあげて、完全寛解になると、骨髄や血液中の白血病細胞が消失して症状も出なくなり、その後は残っている可能性のある白血病細胞を根絶するために、一～五年間の治療が必要だと言われました。

息子の急性リンパ性白血病は、寛解率は八十パーセント以上と高いのですが、四年持続寛解率は二十パーセント以下ということでした。治療計画表の二年目の中段を指して、この時期くらいで骨髄移植しましょう、と先生はおっしゃいました。

この病気は、使用される抗がん剤の量が多く、副作用による苦痛がどれほどのものなのかまったく見当がつきません。退院した後も、定期的な外来通院が続くでしょうし、非常に忍耐の要《い》る病ということが少しずつわかってきました。

点滴を受けていた息子の腕には、ゴムで締め付けられただけで、青いあざが出来ていました。血小板が少なくて、内出血を起こしていたのです。

長く起きていると、だるいみたいで、すぐ横になって眠っていました。今日は抗がん剤投与で気分が悪くなることはなく、食欲もあり、夕食まですべて完食していました。

平成七年十一月二十八日（火）

午前十一時に病院に行きました。息子はお昼の食事がまずくて、魚料理を半分ほど残しました。息子が、ケンタッキーが食べたいというので、チキン三本とポテコロ三個を買ってくると、おいしそうに全部食べていました。

昨夜から続いている薬のため、だるくて気持ちが悪いと言っていましたが、吐くほどではありませんでした。

K先生の話では、今週金曜日まで抗がん剤を連続投与して、また来週月曜日から再開する、そして身体は来週が一番きつくなる、とのことでした。

ステロイド剤を経口投与しているので、だんだんと手足は細くなり、お腹は出て、ムーンフェイスになるなどの説明を受けました。

顔面蒼白で起きているのも辛そうな息子に、副作用の強烈な抗がん剤が投与されました。

検査の結果、白血球は三百。入院時の半分です。

これは十二月十四日まで続きました。

副作用や治療の説明をされても少しもピンときません。この時は、お医者様がガンを治す治療をしているのだから、具合が悪くなるのではなく良くなるのだ、と錯覚していたからです。

十一月二十九日（水）

午前十一時四十五分に病院に行くと、輸血をしていました。

K先生に伺《うかが》うと、血小板の成分輸血をしたとのこと。

息子は、貧血がひどく、ふらふらすると言っていました。朝食は食べることができなかったようですが、昼は完食、夜は手作りのハンバーグの大きいものを一つ完食しました。

入院時より、欠かさずハーブティーを一日二回飲ませています。入院時にあった発熱は、一、二日で下がりました。

その後、熱は入院している間も、退院してからも出ませんでした。

十一月三十日（木）（入院七日目）

午前中に病院に行くと、気分が良かったようなので、ハーブティーを飲んだ後、昼に主人が買ってきたカレーパンを一つと病院食のうどん四分の三程度、そして家から持ってきたグラタン一皿をすべて食べました。

昨日まではあまり長くいると、話をするのが辛いのか、「眠るから帰っていい」と言っていたのですが、今日は気分が良いのか、帰ってとは言いませんでした。

髪の毛が、治療で抜けるという説明が先生からありました。

自分の病気がただ事ではないことを知ったのでしょう。ベッドに横になった息子は、天井を見ながら、

「僕、死ぬのかな？　今は死にたくないな。四十歳くらいまではせめて生きたい」と言うので、

「そんなバカなことはない。ずっと生きていたいと思う人しか長生きできないのだから、四十歳なんていわないで。お母さんより長生きしてくれないと困るのよ」とたしなめると、静かにだまってうなずいていました。

たった十五年しか生きていない息子から、こんな切ない言葉を聞かされるとは。代われるものなら代わってあげたい。心からそう思いました。

苦しい、辛い治療だけど頑張って。きっとハーブティーを飲んでいるのだから、他の人よりも、きっと早くがん細胞が死んでしまうよ。副作用だってきっと軽くなるから。

神様、この子を守ってください。助けてください。

今日の夕食はロールキャベツの大きめを二つとご飯全部。この頃より、病院食を嫌がるようになっていました。

初めは、「母さんが大変だから、持ってこなくていいよ」と言っていたのですが、やはり病院食は口に合わないようでしたので、「これくらいは大丈夫よ」と、持っていくようになりました。

昨日の血小板輸血で軽く蕁麻疹《じんましん》が出たのですが、点滴により治りました。

この頃の私の生活は、午前は病院に行き、午後いったん家に帰って夕飯の支度をし、その料理を持ってまた夕方病院に戻る、そんな毎日でした。

でも、心は家に居ても落ち着かず、一分一秒でも側にいて息子の顔だけを見ていたいと願っていました。

十二月一日(金)
午前にハーブティー飲ませる。私の妹がお見舞いに来て、カレーパン二個、焼き鳥七本と、病院食を半分食べました。
十一時二十分頃、点滴をとり、一回目の治療が終了しました。
すこし蕁麻疹が出ていたせいか、顔がほてっていたように思いましたが、本人の気分はとてもよさそうでした。

妹と外へお茶を飲みに行き、帰りにピザを持ってゆくと一枚完食しました。残っている焼き鳥二本も食べていました。すごい食欲です。

夕方に五歳離れている弟が来て、兄の代わりに病院食を食べました。入院している兄と顔を合わせるのは何だか恥ずかしそうで、照れていました。

心の中ではどれほど心配していることでしょう。誰も思っていることは同じなのに、誰も言葉には出しません。

来週からの治療も、この調子で頑張れ。楽に乗り切れますように……。

十二月二日（土）
昼にカレーパンとかつパンと病院食、夜は本人の希望でお寿司を持ってゆくと、ペロリとすべて食べてしまいました。
今日は午後三時三十分にお風呂に入ったとのこと。めまいがして気持ちが悪かったと言っていました。
入院時には赤血球が七・五グラム、白血球が六百、血小板が六万六千でしたが、治療開始により、白血球が三百、血小板が二万少しと減少していたので、こんな時期にお風呂に入れるものなのか、私にはよくわかりません。

それでも普通より副作用が少ないらしく、許可されたのかもしれません。

気分が悪いと言いながら、吐くこともありません。

このハーブティーは、身体に悪いものはすべて流し出す作用があること。息子は若くて病気にもなったばかりなので、余計に早く効《き》いているのではないかと思います。

先生に、副作用が少ないので、薬が効いていないと思われて、薬の量を多くしないで貰《もら》いたいと思いました。でも、それを先生に話すことはできませんでした。

十二月三日（日）

今日の午前中は、私の父がお見舞いに来てくれました。私たちは実家に行くと、よく焼肉屋で食事をしていました。それで母は息子の好物のビビンバを作り、父に持たせてくれたのです。

息子は喜んですべて完食しました。しかしその反面、便秘でお腹が苦しく、胃が痛いので、薬を貰って飲んでいるとも言っていました。

午後、いつものように午後五時にハーブティーを飲ませに病院へ行くと、気分は良さそうで、買っていったお寿司を待ちきれずに食べ、デザートにいちご一パックも食べていました。

今日、父と私の前で、

「自分の病気は白血病なの？　テレビで見て、まるで自分と一緒だよ」と聞いてきました。

そして、自分の手を見ながら、

「僕の肌の色は、まるで死んだ人と一緒だね」とも言うのです。

私と一対一の時は聞きづらかったのでしょうか？　それを聞いた時の私と父の反応を見たかったのでしょうか？　私は突然の問いかけに、一瞬言葉を飲み込み、息子の手を撫《な》でながら、

「そんなことあるわけないじゃない」と、答えるのが精一杯でした。

その時に何を言っても、きっとしどろもどろで、説得力のある言葉をかけてあげることは出来なかったと思います。

まだ大人に成りきっていない息子。人生経験も豊富でなく、やっと高校生になったばかりの息子。これから自立して自分らしく生きていくことができるはずの息子に、病名は告げられません。

面と向かって聞かれると慌《あわ》てるばかりで、本人を納得させるどころか、余計に怪しい言動になってしまいます。

今まで当たり前のようにしてきた生活。それは永遠に続くと思っていたのに、こんなに簡単に奪われてしまうのです。病気になってはじめて、普通で健康で生活できることの大切さを実感しました。

この子の命は絶対に守る。私は心の中で何度も誓いました。告知せずと決めた以上、何を

考えているのか、息子の本音や真意は聞くことはできません。覗《のぞ》きたくても、覗くことはできないのです。

十二月四日（月）

本日より大部屋に移りました。大部屋といっても、小学生の男の子と息子二人だけで、他のベッドは空いていました。

先週の治療を、今日より再開しました。その他に、今日は脊髄から抗がん剤を注入されました。

先生からは、「人間の身体は良くできていて、いくら抗がん剤を点滴しても、毒素が脳にまわらないように、頸椎《けいつい》でブロックして薬から脳を守っていて、点滴では中枢神経である脊髄や脳に抗がん剤が効きにくいので、そのために直接脊髄から注入するんですよ」と説明されました。

この治療をすると、吐いたり気持ちが悪くなると言われていましたが、さほどではありませんでした。

お昼過ぎに一度、胃液を少しもどしたと言っていましたが、その後、夕食にグラタン二皿、完食していました。

息子はハーブティーの何がいいのか少しも理解していないので、時々飲むのを嫌がるので困ります。そのため、朝、晩かならず私の目の前で飲ませてから帰宅することにしました。

白血病細胞は血液の流れに乗って全身に運ばれ、脳や脊髄に一つでも残っていては再発する、そのため脳に放射線をかけることがとても重要であるということが本に書いてありました。

治療計画には、再発予防の脳への放射線が含まれていました。けれど、息子は受けずに退院しています。

十二月五日（火）

息子の様子は、いつもと変わりません。

私が病院に行くと、学校の先生がお見舞いに来て下さっていて、私が来るのを二人で待っていました。私は先生に挨拶をしながら、心の中で「髪が抜ける前で良かった」と、咄嗟《とっさ》にそう思いました。

その後、息子の友人のお母様たちからも電話が入り、安否を気遣《きづか》って下さり、「子供がお見舞いに行きたいと言っているのですが、いかがでしょうか？」と、遠慮がちに尋ねて下さいました。

治療中に友人たちのお見舞いを受けるわけにもいかず、どう断われば良いのか？　私は、「すぐに良くなりますから、病院ではなく家に遊びに来てやって下さい」とお伝えするのが精一杯でした。

息子は入院してから数日経《た》つと、エレベーターの前にある公衆電話で、友人に電話をして色々話していました。私は賢明に隠しているつもりでも、本人の説明などから、皆さんは重い病気なのではと、とっくに気づいて心配してくださったのだと思います。

先生が帰られた後、ハーブティーを飲む、飲まないでケンカをしました。ケンカできるほど元気が出てきたということでしょうか。

しかし、いくら元気が出てきたとはいえ、いくらハーブティーを飲んでも、髪の毛が抜けていくことを防ぐことはできないかもしれません。

正常細胞もがん細胞と同様に分裂をしていて、この分裂する時を狙って攻撃をしかけるのが抗がん剤です。がん細胞以上のスピードで分裂しているのが腸や骨髄、そして髪の毛です。そして、そのために下痢や白血球減少、脱毛が起きるのです。

白血球増多剤や吐き気止めなど、副作用を抑える薬を使用して、抗がん剤の量を増やすようです。けれど、全身に起きるたくさんの副作用の一つ、二つを抑えるだけで、他の副作用は、抗がん剤を増やしたことで、かえってひどくなるのではないでしょうか？

まさしく、生きるか死ぬかの壮絶な治療で、白血病にはこの治療以外に選択できないのです。それはとても辛いことでした。

十二月六日（水）

今日、病院に行くと、昼食にサンドウィッチが出たけれども、それでは足りなくて二階にある売店までマスクをして、おにぎりとジュースを買いに行ってきたと言いました。さすがに疲れたようで、足が痺《しび》れて辛くなったと言っていました。

夕方にハーブティーを飲ませ、お菓子と小さめのグラタン二皿、手作りの五目寿司をきれいに食べました。着実に体力をつけているように見えます。

なるべく空腹時にハーブティーを飲むように言っているのですが、勝手に間食を取るので心配です。

しかし、今週よりベッドを起こすこともなく、座って食事をしたり、飲み物を飲んだりしています。先週までは、疲れるからと、ベッドをリクライニングにして身体を横たえていました。

ハーブティーは抗がん剤から身体を守ってくれているので、入院時よりも体調が良いのでしょうか？　残された健康な白血球が、感染症から守ってくれているのでしょうか？

明日は点滴後に、お風呂に入ると言っていました。

今日でハーブティーを飲ませて十三日目になります。末期がんの痛みも二週間くらいで治したという例があるのです。

息子の若い身体には、免疫力が高まっているのかもしれません。

十二月七日（木）

今日はお風呂に入るとのことだったので、ドライヤーを届けました。

病院食のほかに、おにぎり一個と鶏肉と野菜のオーブン焼き、コーンスープ二箱を届けました（コーンスープは、お腹の空いた時に飲むから買ってきてとせがまれていました）。

さっそく、スープを飲んでいました。良く食べるし、体の動きがスムーズになってきたように思います。

治療をしている時は、定期的に骨髄穿刺《せんし》と血液検査がされています。

その結果、まだ白血球は三百のまま上がってこない、とのこと。それは気がかりですが、着実に日々少しずつ元気になってきているようです。

骨髄穿刺は、抗がん剤をする間じゅう続きます。腰に麻酔の湿布を貼ってからすると、少しは痛みが和《やわ》らぐと息子は言っていましたが、それでもかなりの痛みをともなうようです。早くこんな検査を終わらせてあげたい、そう思います。

点滴を取り、二時よりお風呂、三回も髪の毛を洗ったと言っていました。

先生に、一般論ではなく、息子の見通しを聞かなくてはと思うのですが、なかなか聞くことができません。息子にとっては生存率は〇パーセントか一〇〇パーセントかなのです。治るか治らないか、それしかないのです。けれど、先生にこんなことを聞いても、きっと答えは返って来ないと思います。

このハーブティーで病気を治した人は、再発も、そして二度と他の所へのガンの転移もないと言います。身体が治すことを覚えるそうです。

先生に言ったら、そんな非科学的なことはない、と一笑に付されて終わりでしょう。でも私は、信じて息子を治してみせます。

抗がん剤治療で入院時より血液の状態が悪いのに、この頃元気になっていたのは、今考えるととても不思議なことです。

十二月十一日（月）

先週の金曜日から、私は辛くて日記を書くことが出来ませんでした。というのも、先週の金曜日に私が病院に行くと、私が来るのを待っていた息子から、

「昨日の夜から抜け毛が激しいから、今日は病院の床屋さんに行って坊主にしてくるよ。抜けるのを待つよりも、すっぱり坊主の方が気持ちの整理がつくから」と言われました。

私はもしも髪の毛が抜け始めた時には、坊主にした方がいいと思っていました。しかし、それを何と切り出したら良いか悩んでいたのです。

けれど、突然何の前触れもなく、脱毛が始まったことを聞かされ、咄嗟に「そうだね」と、心の動揺を隠しながら答えていました。

息子は明るく、何も気にしていないかのように床屋へ行きました。

私は息子の心を思うと、悲しくて辛くてやりきれない思いで、なぐさめの言葉すらかけてあげることができませんでした。

ただ二人とも、現実を平静に受け止めようと努力し、何事もなかったかのように午前中のひとときを過ごしました。

お昼前に、看護婦さんがまた骨髄穿刺の検査をするために病室に迎えに来ました。私も一緒についていこうとすると、息子は、お母さんはここで待っていていいよ、と言いました。

私は一度もこの検査に立ち会っていませんが、骨に刺すのでとても痛いそうです。私は想像しただけで、怖さで縮み上がる思いです。看護婦さんも、

「この子は、一言も泣き言を言わないので、余計に可哀そうだわ」と言っていました。私が、

「もう十五歳だから」と言うと、

「たったの十五歳ですよ。大人でも辛い検査で泣き叫ぶのよ。人によるのよ」と言っていました。

検査を終えた息子は、何事も無かったように笑顔を見せて、病室に戻ってきました。どこまでもわたしを気遣《きづか》い、泣き言一つ言わない息子に、私はどれほど救われていたことか。

学校でもムードメーカーだった息子は、病気になっても変わることはありませんでした。

改めて我が子ながらすごい子だな、としみじみ思いました。

けれど、抗がん剤の副作用がもっとひどく、身体の調子が本格的に悪ければ、こんなに私に気を遣うことは出来なかったのではないでしょうか？
検査の結果、がん細胞は全体の三割にまで落ちていました。
しかし、血小板と白血球は以前と変わらず二万ちょっとと、三百と低いままで、先生は感染症を心配しているようでした。ですが、今のところ脱毛以外は特に問題がないので、このまま様子を見ていく、ということでした。

十二月十二日（火）
変化なし。食欲あり。

十二月十三日（水）
今日は少し気分が悪いと言っていました。
白血球も三百のまま、少し貧血のせいか、だるいと言っていました。
食欲あり。

十二月十四日（木）
今日も、少し身体がだるいと言っていました。

どんなにハーブティーで身体を守ろうとしても、抗がん剤は容赦なくどんどん身体に悪い影響を与え、治療をするたびに毒は身体に少しずつ残ります。もう三週間に渡る大量の化学療法を受けつづけているのです。

固形ガンに対して、週一回の抗がん剤投与でさえ、副作用がひどいと、本には書いてありました。この病気には、その何倍もの抗がん剤が使われています。

この状態を続けていたら、息子の身体に、どれほどの傷跡を残すことになるのでしょうか？　病気を治すのだから仕方ないで終わるなんてことは、私にはできません。

昼、夕、食後はすぐに横になり、少し休みたいと言い、私が胸まで布団をかけようとすると、

「お母さん、自分でするからいいよ。昨日今日と過保護にしてもらってごめんね」と言いました。とにかく、すべて自分でやりたがり、手を貸すと、

「大丈夫、一人でできるから」と言います。

「家族の食事があるから、今日はもう帰った方がいいよ。僕はもう平気だから。ありがとう」

毎日そんなふうに私をいたわり、切ないくらい優しい言葉をかけてくれ、決して弱音を吐きませんでした。小さい頃のように甘えてくれたらいいのに……。

自立しはじめた息子は、決してそれをしませんでした。病気が治ったら、もうこの子への

干渉を止めようと思いました。いつだって、子離れの出来ない私が、勝手に干渉したがっていただけなのです。それを気づかせ、こんなに立派な息子に育っていたのだと、病気が教えてくれました。

デザートにいちごを置いてきました。

# 一時外泊

十二月十五日（金）

今日、一時外泊の許可が出ました。月曜日の十時までに帰れば良いとのことでした。

病室で担当のK先生が、ベッドで横になっている息子の胸に聴診器をあてたり、脈を診《み》たりしているときに、私が、

「唇が腫《は》れて切れ、しみるようですし、胃から腹部にかけて重いようで、先週の治療後よりも気分が悪そうですが、大丈夫でしょうか?」と質問すると、

「大丈夫ですよ。副作用のうちに入らないくらい軽いし、これくらいは仕方ないよ」というようなことをおっしゃいました。

多分、ハーブが効いているので軽いのだと思いました。

ですが、軽いとはいえ、少しずつ確実に抗がん剤の副作用は表面に出てきています。

体重は五十五キロから四十八キロまで落ちていました。これは骨髄から入れた薬のせいで痩《や》せてしまうのだ、と説明されました。

先生が退室した後、息子が、

「先生は診察に来ると、熱が出ないなって、まるで熱が出ないことがおかしいみたいに言っていたよ。おかあさん」と教えてくれました。

こんなに痩せて、白血球が三百、血小板は二万ちょっとのままの息子なのに、元気だから帰っていいよ、と外泊を許してくれたのは、熱も出ず、感染症にならなかったからでしょうか?

息子は家に帰るなり、やっぱり家はいいなあ、としみじみ言っていました。

弟は、十二月一日に会ったきりだったので、兄の様子が変わっていたことに、とてもビックリしていました。

兄をじっと見ることも直視することもなく、この子なりに兄の病気が大変なものであると直感的に思ったのでしょう。

兄の帰宅を喜び、また兄を喜ばせようと、ゲームの機械を手早くセットする次男の姿をいじらしく思いました。

すぐにテレビゲームを始めましたが、二人ともとても楽しそうでした。

息子は、久しぶりに家族五人でとる夕食をとても喜んでいました。やはり家族が恋しかったのでしょう。

十六歳の誕生日を家で迎えることができ、その時の息子の嬉しそうな表情を見て、私は早く治療を中止しなくてはいけない。いつ先生に話そうかと、ずっと考えていました。

## 外泊後

十二月十六日（土）
気分が優れない様子。唇が荒れていて、傷の治りが悪い。
それでも、食事は普通に取っていました。

十二月十七日（日）

食事を取る時に切れて腫れた唇にあたり、食事が取りづらそうです。胃や腹部も重そうで苦しそうです。

早く治してあげたい。定められた運命により、助かるかどうかが決まるのでしょうね。

この苦しみを乗り越えたら、奇跡が来るのでしょう。

命と健康の大切さ、ありがたさを痛いくらい感じています。

私の選択した道に、どうか誤りがありませんように。神様、助けてください。

## 検査のため病院へ

十二月十八日（月）

十時に病院に行くと、抗がん剤を注射され、その後、血液検査をして自宅に帰ってきました。次回は二十二日に来院ということでした。

検査の結果、白血球が三百から千三百、血小板も十万、赤血球はまだ減ったままでしたが、その素になるものができているかどうか、まだ検査中とのことでした。

でも、いくら白血球が増えてきても、来週また治療をしたら、元に戻ってしまうのでしょう？

二十二日の検査結果によっては、そのまま治療を中止するつもりです。

あの子の身体に、これ以上ダメージを与えてしまったら、そのうち免疫力が落ちて、自分の力で治せなくなってしまいます。

十二月二十日（水）

昨日の夜より気分が悪そうで、朝十時ごろ起きてきて、少しもどしていました。

昨日より、口の中に爛《ただ》れがあるとのこと。痛そうで可哀そうです。

今日から大量に渡されていた副腎皮質ホルモンの内服を中止させました。

昼は日本そば。

十二月二十一日(木)

食欲があまりなく、朝は鶏肉と野菜を入れたおかゆ一膳と牛のバター焼き、厚揚げ二切れ。

口内炎などで具合が悪いわりに、頑張って食べています。

見ているのも辛く、心配で身体が思うように動きません。そんな自分を叱りつけながら、努めて明るく子供の負担にならないように振る舞いました。

病院での治療を止めるのだから、私がすべての責任を取らなくてはいけないのです。今は苦しいけれど、前だけを向いて、家族みんなであの子をフォローしようと思います。

現代医学で一〇〇パーセント完治のない治療で、息子の身体をボロボロにされたくない。それこそ取り返しのつかないことになります。

私の信じたハーブティーで、かならず治してあげる。副作用のない楽なハーブティーで、大切な子供を守ってみせます。

(この頃の私は、抗がん剤の知識と医学の矛盾、そしてがん闘病記などの色々な書物を読み終えて、治療は止めるという結論を出していました)。

十二月二十二日（金）

朝、病院へ行って骨髄穿刺と血液検査を受けて帰宅。

（十九日に最後の注射、二十日からは大量の副腎皮質ホルモンの内服も中止している）。

# 悲痛な叫び声

病院に入院して数日後、息子の個室の隣の「四人部屋」にI君が入院してきました。抗がん剤による副作用で、顔はムーンフェイスで、髪の毛がありませんでした。息子より一つ年下で、半年前に発病したことを知りました。

入院してすぐの時には、廊下に背を向けて座っているI君を、廊下から窓越しに見かけることがありました。けれど、治療が始まると、I君はベッドに横になったままになり、カーテンがひかれていることが多くなりました。そして十二月四日に、私の息子と病室が交換されました。

ある日、私が廊下にいる時、先生や看護婦さんがI君の病室に入って行くのを見ました。するとと静かだった病室が一変して、中からI君の悲痛な叫び声が聞こえて来ました。

「痛いよお。止めてよお。嫌だよお」

検査なのか、処置なのか？　衰弱しているI君に、これから先もずっと苦しい治療が続くのでしょうか？

病気を治すためとはいえ、治療そのものを拷問のように感じました。半年後の我が子を見るようで、胸が押しつぶされるような深い苦しみと悲しみに、私は包まれていました。ふと横を見ると、少し離れたところにI君のお母さんがうなだれるように佇《たたず》んでいました。側で子供の辛さを見続けなければいけない親の辛さ。I君のお母様も私も、同じ辛さを味わう親でした。私は居てもたってもいられず、I君のお母様に話し掛けました。

少しでもI君が楽になり、良くなるのではないかと思い、ハーブのことを簡単に話しました。その時点では、このハーブの効果を証明できていたわけではなかったのですが、身体に何らかの良い作用は及ぼしていると感じていたので、教えてあげたいと思ったのです。

「もし興味があれば電話を下さいね」と、連絡先のメモを渡して、私は病室に戻りました。残念ながら連絡はなく、その後数日で息子は退院してしまったので、その後のI君の消息はわかりません。

私はI君の悲痛な叫び声を聞いたことで、とても落ち込み、悩みました。

治療をすると、副作用がかならず出る。一方、ハーブは身体から抗がん剤の毒素を排出しながら、自然治癒力を高めようと作用する。

ハーブの力で生態のリズムを取り戻し、免疫力を高めて病気を治そうとする一方で、同時に化学療法を受けることは、がん細胞だけでなく健康な細胞にもダメージを与えてしまう。これでは、ハーブの力を最大限に発揮することはできません。

化学療法を受けながらハーブを飲んでも、医者が治せなかったら、最後はハーブだけで治そう、身体がボロボロになってからハーブで治せばいいなんて、なんてナンセンスな考えだろう？　それなら、最初からハーブ一本で治療をするのが一番いいのではないか？

私は、ハーブと抗がん剤のいたちごっこの関係に矛盾を感じ、同時にやることは無意味ではないかと思いました。

私はI君のことがきっかけで、治療そのものに疑問と恐怖を覚え、次第に身体に優しいハーブだけで治したいと思うようになりました。

# 決断まで

私はハーブで治る、治したいと思っていました。

ですが、それを実行に移すには、今の医学の問題点と苦しい治療でも治らずに死んでしまった人の闘病記を読み、自分の決断に間違いはないと納得することが必要でした。

普通の患者家族なら、助かった人たちのデータを知り、我が子も大丈夫と思って治療をすると思いますが、私はその逆でした。

治療を中止するための情報を探す。この思いが出発点となり、私は行動していました。主人にも心の内は明かさず、このことは私の心の中だけに留めておきました。

正しい情報の元に子供の病状を的確に把握し、納得し、一番最良の方法を取ること。そして、今受けている治療についての状況や、今後について先生と話ができるように、私自身が病気をよく理解すること。

病気と闘《たたか》う上で無知ではいけないとの思いから、がんに関する本を次々に読みあさりました。『ぼくがすすめるがん医療』『患者よ、がんと闘うな』『白血病』などなど。

たくさんの出版物が溢れている中で私が選んだのは、どちらかというと現代医学に否定的で、手術も抗がん剤も効果がないとされるがんの種類が示されていて、がん患者が読んだら救われないな、と思われる内容のものでした。苦しまずに死ぬためには、がん治療をしない方が楽に死ねますよ……。

私はそれらのほかに、医者が、患者が知りたいけれど、答えづらい治療後の副作用や生活の質の変化などが書いてある本。また闘病記にあたっては、抗がん剤治療をうけると、実際どのような副作用が起こり、どのような状態になるのか、実体験が詳しく書かれている本を探しました。

しかし、実際に本を読んでみると、実体験は詳しく書かれていないし、副作用によって生活の質がどうなったか、など私が求めている情報が書かれている本はほとんどありませんでした。あるものといえば亡くなった方の闘病記で、精神世界を説いているもの、病気を受け入れて死に行く者たちの心の有り様を描くものばかりで、本当に知りたい情報は少なく、非常に強い違和感を覚えました。

結局のところ、お医者様はがんを治していない。

日々進歩していると言われる現代医学でも、患者は苦しみの果てに死んでいる。一生懸命辛い治療に耐えたにも関わらず亡くなってしまう。どんなに権威のある有名なお医者様でも、治せないものは治せないという現実。何ひとつとして、先の見通しが明るくなるような情報はありませんでした。

反対に、そのことは私が治療を止めるための原動力になりました。治らないとわかっているのに、様々な治療をして患者を苦しめている現代医学に憤りを感じ、我が子に同じ思いは絶対にさせない、という思いを強くしました。

しかし、ほとんどのがんに効果がないとされる化学療法ですが、

「白血病は化学療法を受けることで、治らなかったものが治るようになるグループに属し、化学療法のなかった頃、この病は全員が死亡していたが、現在では六割の人がこの治療のおかげで治る。しかし逆にまだ治らないものもある。

そして治癒するには、標準治療をきちんと受け、薬量を守り、治療をしなくてはいけない。しかしそれをしてもなお、現在の生存率は伸び悩み、成績の改善はもう頭打ち状態になっているようで、今標準となっているよりさらに強力な化学療法を行なっても、治る率が向上するかは疑問である」(「ぼくがすすめるがん治療」近藤誠著より要約)

この標準治療には、寛解導入療法と、それに続く維持療法があります。

寛解とは、血液や骨髄に白血病細胞が非常に少なくなることで、治るのではなく、一見正常と同じように良くなる状態のことを言います。

一見正常というのは、現代医学においてがん細胞が五パーセント以下になると、顕微鏡上では一つもがん細胞が見られないこと。これが今の検査の限界です。ですから実際は寛解に入っても、全体で一グラム程度のがん細胞が残っているのです（一グラムは一億個のがん細胞です）。

とりあえず、寛解を目指して大量に化学療法が行なわれます。

しかし、寛解になっても、放っておけばまだ殺されずに残っている白血病細胞が増殖をはじめ、もとの状態に戻ってしまうので、それを防ぐために維持療法を一～五年（同じような化学療法を繰り返す）行なうのです。

まさしく、見えない敵との長い闘いが続くのです。

急性リンパ性白血病の寛解率は、八十パーセントと高いのですが、四年持続寛解率は二十パーセント以下と、あまり良くないことが書かれていました。

病《やまい》そのものが、発見された時すでに末期がんと言われるものですから、仕方がないと言われればそれまでですが、知れば知るほど、むごい病気だと思いました。まるでもぐら叩《たた》きのように、次から次と増殖してくるがん細胞を抗がん剤で叩くのです。

治療すれば、白血球も赤血球も血小板も減って、そのために感染症や出血の危険が大きくなり、免疫力の低下した身体に、病魔は容赦なく襲いかかります。病気ではなく、副作用で命を落とすこともあります。

K先生は治療一〜一年半くらい経った後、体調の良い時に骨髄移植をしましょうと言ったのは、それほどこの病は手強《てごわ》く再発の危険があるということなのでしょう。いつ治るのか？　いつ治ったと安心することができるのか？　この病に治癒はないのではないかと思いました。

息子の病は、治療せず放っておくと間違いなく再発する病なので、抗がん剤治療の副作用のリスクがあっても、生きるためには治療をしなければならないのです。

一般的に、現代医学でのがん治療においては、

1、一度傷付いた器官や組織は、もう二度と元の正常な機能には戻らず、命は助かっても完全な再起が保証されないこと

2、病を治すために受けたのに、重大な副作用で命を落とす危険があること

3、免疫系の破壊による免疫力低下と、栄養状態の悪化で再発の可能性があること

4、発がん性物質でもある抗がん剤治療で、新たに十年後、二十年後に二次がんが発生する危険性があること

など、がん治療のデメリットは数え上げたらきりがないのに、副作用には目をつぶり、命を助けたい一心で、患者や患者家族はなす術《すべ》もなく治療を受けています。

がん＝不治の病。この言葉の持つ恐ろしいイメージで、患者や家族はショック状態の中、死に怯《おび》え、専門家の言うなりの治療を受けるしか道はありません。

どの方法で治療をしても、その人にとっては後戻りのできない、まさに一回限りの命を賭けた治療になります。なぜなら治療が効かず、再発転移を許してしまえば、その先には死が待ち受けています。

がんの本質や性質を理解し、西洋医学での治療法の現実と限界を知るにつれ、ひどく不信感を持ちました。

西洋医学を学んだ医者から見た一方的ながん治療法。何故《なぜ》このような患者を苦しめる副作用のある治療法しかできないのでしょうか。

医学の、がんに対する治療の出発点が間違っていないか？　私は治療法に対して、敵意すら抱きました。先生方にとってはたくさんの患者の一人ですが、私にとってはかけがえのないたった一人の息子です。

このまま抗がん剤治療を受け続けていけば、途中で止めることもできなくなり、それ以上に最悪の場合、治療で命を落としかねないと考えました。

止めるなら、身体にダメージの少ない今しかない。

私はハーブの理論に納得し、治っている人がいるという事実も知っていましたので、やはりハーブティー一本でやりきろうと、治療を中止することを決めていました。

すぐ中止する理由として、

1、治療回数が少ないほど、ハーブの効果をすぐに認めることができること

2、再発への不安を短期間にできること

3、子供の身体のダメージを少なくして、免疫力を落とさずにすむこと

などでした。

1、2についてさらに補足すると、息子のように寛解するかしないかで治療を中止するということは、医学書で百三十日以内に全例が再発とありました。ハーブが効いて病気を治すことが出来るのであれば、絶対に再発はないはずです。この期間を無事に過ごすことが出来れば（さらに一年間再発がなければ）、ほぼ安心できるのではないかと私は考えました。

がん細胞が残存していた場合、その増殖するスピードは対数的で、残存細胞が多ければ、寛解期間は短く、すぐに再発するのです。大量の抗がん剤治療をしても、一年以内に再発する人が多い病《やまい》です。

ですから、だらだらと治療せずに、再発期間の予想がつきやすい時点での治療中止にしたのです。熱もなく元気な今をおいては考えられません。息子が体力を治療でなくし、感染症や副作用を抱えたら、治療を止めることがとても難しくなるという側面もありました。

決意したと同時に、私はいつ先生に切り出そうか、どの時点での退院が一番良いのか、悩みました。

寛解で白血病細胞が五パーセント以下になってから中止した方がいいのか？　寛解を待た

ずに中止した方がいいのか？

どちらにせよ、白血病細胞が残存していることには変わりがないのですが、出来たら寛解してやめようと思いました。

しかし寛解までに、あまりに時間がかかりそうだったり、本人の体力の消耗が激しいと判断した時は、寛解以前でも止める覚悟を決めていました。

私自身が色々な医学書や闘病記を読み、治療を中止しようと決意したその日、私は仕事から帰った主人にその旨を伝えました。

まず、本を読んでもらい、それについての私の考えや、それを読んで治療を中止したいと思った経緯を主人に説明をしました。

自分が出した結論に、主人が賛成するしかないようにお膳立てをして説明し、正当性を示すために色々な例を出して、西洋医学の矛盾点を説明しました。

病気についても治療についても、私の方が理解して話すのですから、主人が疑問を持ち、迷う暇はなかったと思います。

主人もはじめは、医者に任せず、ハーブティーだけというのを、どうだろう？　大丈夫だろうか？　と思っていたそうです。でも、だんだんと私の話を聞いているうちに、私がそこまで言うのなら、現代医学で一〇〇パーセント助からないのだったら、私の信じている治療にかけてみようという気になったそうです。

主人との間で、寛解に入ったら治療を中止しようという話はつきました。そしてその時、主人は、

「中止するのは僕も賛成だよ。だけどいいかい、もしあの子が再発しても、やったことを後悔しないでくれ。絶対に自分自身を責めないでくれ、いいね」私の目を見て真剣な顔をして言いました。

私はもしも息子が再発し、死んでしまうようなことがあった時は、一緒に死んでしまおうと心に決めていました。他に二人の子供がいるので、本当にそうなった時、死ねるのかどうかはわかりません。ですが、私の心はきっと生きながら、そこで息子と一緒に死んでしまうだろう。主人はそれを察したのか、とても私のことを心配していました。

もしもの時、私は家族全員から責められても仕方のないことをしようとしているのに、この言葉でどんなに救われたかわかりません。主人の私への大きな愛情と信頼を感じました。

入院から三週間足らずの間に手当たり次第に本を読み、治療中断を決めていた私ですが、私がしようとしていることは、一般的には考えられないことでした。寛解まで待つといつになるのか、先生にはどのように伝えようか？　長期入院と治療が必要と説明を受けている息子に怪しまれないようにしなくてはいけない、など色々な問題がありました。

ですから、十二月十五日に一時外泊ができると言われた時に、これはチャンスではないかと思いました。休薬期間として、家に帰っている時期に退院させることができれば、息子も

自然な流れとして退院を受け入れることができます。次の本格的な治療が始まる前に退院させたい。

一時外泊後は、具体的にいつ中断を切り出そうかと、そのことで頭の中はいっぱいでした。

発病前にハーブを知っていたことは、運命としか言えません。私にハーブがなかったら、現代医学にすがり、先生の言うなりに、きちんと治療を受けるしかなかったと思います。手術も抗がん剤も効かないと言われても、きっとどのような形でも良いから治療をして下さいと頼み込んでいたでしょう。たとえそれが患者を苦しめるとわかっていても、もしかしたら助かるかもしれないという一縷《いちる》の望みを持って、治療を頼んでいたでしょう。

「がん治療は、こんな時にはしても無駄だから、しないほうが楽には死ねますよ」そんなことを言われても、「はい、そうですか」と諦《あきら》めることはできません。

私は私の信じたやり方で、何の副作用もなく、自然治癒力を最大限に引き出してくれるハーブで、息子を治すために動き出していました。

# 退院



## 先生との面談

十二月二十五日（月）

二十二日の検査結果が出ました。主人と私は説明を受ける前に、寛解していたら治療中止と、退院のことを先生に切り出そうと話し合っていました。

「顕微鏡でがんは五パーセント以下となり、寛解期に入っていました」と先生が話し始めたとき、主人と私は目と目で計画どおりに話をすることを確認し合いました。

その後、血小板は正常、ヘモグロビンは上昇、白血球は千三百のままという説明が続きました。

検査結果を話された後、先生はこれからの治療について、お正月は自宅で迎えても良いこと、お正月明けから治療を再開すること……などを話され、また退院までの治療計画を再度説明して下さいました。

先生の説明の後で、主人が、

「先生、うちは今日で治療を止めて退院させたい」そう口火を切りました。

先生は、エッと絶句して、しばらく黙って何かを考えているようでした。そして思いついたように、

「ああ、他の病院に転院したいということですね?」と言いました。主人は、

「いいえ。転院ではなく自宅で治療したいと思います」と答えると、

「何を考えて、そういうことをなさるんですか?」先生はゆっくりとおっしゃいました。

私は意を決して、一気に話しました。

「現在、入院した時から、私たちは子供にあるものを飲ませています。これでがんが治った人が大勢いるので、治療を中止して、今飲ませているものだけで、病気を治したいと思っています。病気のことも良く分かっていますし、現代医学では、この時点で治療を中止すれば、一〇〇パーセント再発することもよく理解しています。先生は気が違ったかと思われるでしょうが、治療を止めることは、私なりに病気を理解していての決断です」

静寂があたりを包む中、先生は、

「何を飲ませているのですか? この病気は民間療法では治らないですよ」と、私を訝《いぶか》しげ

に見つめながら尋ねました。

「先生に、今の段階で何をやっているかお教えすることはできないのですが、これは副作用が一切なく、病気を治すと信じています。現代医学では、治療をしても一年以内に再発をしたり、亡くなる方もたくさんいますよね？　ひどい副作用で、子供の免疫力や生活の質の落ちる治療はしたくないのです。ですから、これをやらせてください」と私は言いました。

先生は優しいけれど毅然とした口調で、

「生命を助けるためには、副作用は仕方のないことです。大量の抗がん剤を使って治療しても、一年も経たずに再発するんですよ。それなのに、治療なしで再発しないことは考えられません。副作用なしで治すものがあるのですか？　大量の抗がん剤治療をしても、五年生存率は五十パーセントしかないのです。せっかく寛解に入ったのに、今の時点で治療を中断して再発したら、生存率は二十〜三十パーセントに落ちますよ」とおっしゃいました。

私は一瞬、息を飲みました。すると主人が、

「では、このまま治療を続けて一〇〇パーセント治るのですか？」と聞きました。

「いや、医者として一〇〇パーセント治るとは言えません」

私は先生がそうおっしゃるのをわかっていました。私は、

「一〇〇パーセントないのなら、私の方の治療にかけてみたいのです」

「どういう治療なんですか？」先生は、再度質問してきました。

「今は言えません。けれど、それでがんを克服した人がいるのです。現代医学で一〇〇パーセント治らないのなら、うちはそれに賭けてみたいのです。子供にとっての生存は〇か一〇〇です。私たちは大切な息子の命を守りたい一身で、この療法に賭けようと思っています」

「本人はそれを知っているのですか？」

「いいえ、何も話していません。私たちの考えをいつかわかってくれるときが来たら、話をします。それまでは動揺させたくないので、内密にお願いします」

「親の責任というのは、どのように考えていらっしゃいますか？」

「これをすることが、親の責任だと思っています」

「どうしても退院させるんですか？」

「はい、今日連れて帰ります」

「わかりました」先生は小さくうなずきました。私たちは席を立ち、今までのお礼を言うと共に、

「今日で退院させていただきますが、定期検査はお願いします。虫が良いかもしれませんが、もし万が一、再発するようなことがありましたら、その時はこちらで診《み》ていただけますでしょうか？」私の問いかけに、

「ああ、それはもちろんいいですよ」と、先生は即答して下さいました。

「お世話になりました」と、挨拶をして私たちは部屋を出ました。

すぐに再発すると治癒率が落ちるのは、薬剤に対して耐性を示す、白血病細胞の増殖のためで、最初はとても良い感受性を示し、がんに効いていたのが、いったん休薬して同じ物を使うと、まったく効かないことが多いためです。

そのため再発には薬が効かず、ふたたび寛解させることが困難になること、白血病において治癒率が一〇〇パーセントにならないのは、この耐性を示す白血病細胞の増殖のためで、ある文献によると、寛解後無治療のものは百三十日で全例再発とあり、再発させないために維持療法も含めた標準治療が確立されたことを、私なりに理解していました。

部屋を出て、私は看護婦さんに退院に当たっての手続きや細々としたことを聞きながら、主人と三人で病室に向かいました。すると、K先生が追いかけて来て主人を呼び止め、

「お父さんちょっと……」と、先ほど面談した部屋へ二人で戻っていきました。先生は、

「奥さんがああ言っていらっしゃいますが、どういう民間療法なんでしょうか？　世間では良くお祈りしたりとか、中国のエキスが良いとか、これを飲むとがんに効くとか、その類の治療をどなたかから聞いてなさろうと考えていらっしゃるみたいですけど、その手の類の治療では、一〇〇パーセント再発します。それで再入院ということになったら、治る確率がグッと低くなりますよ。その治療は、お父様も了承してなさるんですか？」

奥さんがあんなことを言っているけど、あんなのはダメだよ、と言うように、真剣に目を見詰めたまま尋ねられたそうです。主人はただ一言、

「はい」と答えると、間髪いれずに強い口調で先生は、

「お父さん、今治療を止めたら、一年以内に一〇〇パーセント再発します。いいですか、一〇〇パーセントですよ。長くて一年、それ以上は絶対にありえません。早ければ明日にだってわかりません。それは保証します。完治することはありません。それほど彼の病気は、大変な病気なんですよ。そんな民間療法で今の治療を止めるなんて、彼ももう大人だから、彼の了解を得て治療を打ち切るかどうか話し合ったんですか？　彼の了解を得ずに治療を打ち切るかどうか、親が勝手に決めて良いのですか？　子供さんの命の責任は、一体誰が取るんですか？　子供さんと話し合うべきなのではないですか？」と詰め寄りました。

「私は彼に、病気のことを言うつもりはありません。看護婦さんがそれらしいことを言ったようですが、私たち夫婦は、私たちの子供を守らなくてはいけないのです。守るからには親の責任は取ります」

「どう責任を取るんですか？」

「とにかく我々は、今日退院させて自宅で治療することに決めたのです。再発するかどうかはわからないけれど、先生も一〇〇パーセント治る保証がないのだから同じことでしょう。だったら、うちの治療に賭けてみたいのです」

「お父さん、一年再発しないかもしれません。でも今の医学の統計で、このまま治療を止めて、二年間再発なしでの生存率は〇ですよ」

「生存はさせます。我々で彼を守っていきます」

主人はきっぱりこう答えました。先生は、さらに呆れたように言いました。

「奥さんは、何かそういった宗教とかに入っていらっしゃるんですか?」

「いいえ、何もそういうのに入っていません」

「よく病気をお祈りしたり、お参りしたりして治ったというのを聞きますからねえ。あれはみんな再発していますよ。何か煎じて飲んだら治ったとかいうのも聞いたことがあるけれど、そんなのでは治りませんよ」

「免疫力を高めるような治療です」と主人。

「こればかりは免疫力を高めても?」と、先生は首をかしげていたそうです。先生は、何を言ってもだめだと諦《あきら》めた様子で、

「じゃあ、しょうがないですね」と言い、

「お世話になりました」と主人は、部屋を出て、病室に戻りました。

先生と主人が面談をしている頃、私はひと足先に病室に戻り、息子に退院することを伝えました。息子はそれに対して「わかった」と答え、

「また来るの?」と尋ねました。

「退院だけど、検査にはまた来なくちゃダメよ。体調が良くても、しばらくは無理をしないでね」荷物を片付けながら、今後のことを話しました。

しばらくすると息子は、看護婦さんや他の人たちに挨拶をして回り、明るくニコニコと話し、ルンルン気分で病院を後にしました。

先生と看護婦さんに見送られての退院は、私にとってはひどくぎこちない居心地の悪さを感じながらのものでした。

先生の治療を拒《こば》んでの強行とも言える退院を果たしたからには、子供の命は私たちの手の中にあります。

一度は先生に預けた息子の命。私たちは今、それを取り戻し、自分たちで子供の命を守ることになったのです。

# 退院後

十二月二十七日（水）

二十五日に先生と退院する話をして、その時に飲み薬を二十日から止めているとお話したら、大量の薬を一気に止めるのは非常に危険だと言われ、段階的に薬量を減らそうということになりました。

今日より一回二錠、来年元旦の朝一回の一錠で終了という予定です。

点滴による抗がん剤治療を止めたので、これからは血液検査のみということになります。二度と骨髄穿刺はさせたくありません。

血液検査での再発の目安は、白血球が五万、十万と増加すること。血小板、ヘモグロビンの減少を見ていくということ。熱と風邪に気をつけることなどです。

ステロイドの副作用で顔がムーンフェイスでずいぶんと丸くなり、治療前とは別人のような人相になっています。
早く元通りのスキッとした顔になることを願います。

十二月二十八日（木）
二十五日の検査結果を聞くために病院へ。白血球は三千四百でした。
今日は白血球が三千八百、赤血球は七グラム、血小板はわかりませんが、正常ということでした。
貧血は少しずつ元に戻るということです。このまま早く治りますように。この子のいない生活は考えられません。

十二月三十日（金）
息子は日中は台所に立ち、ワンタンと煮物を作ってくれました。唇の荒れや口内炎は、気にならないほど良くなっています。よく動く息子は病後とは思えません。
昨日は夜、家族五人で中華を食べに行きました。この日のために長女が息子にジーンズを買ってきてくれました。帽子をかぶっての外出で、人の目が少し気になりましたが、心配することはありませんでした。
家族五人での久しぶりの外食。五人でテーブルを囲み、子供たち三人の好物をオーダーして、思いっきりお腹いっぱい食べました。

小さい頃からマメで何でも良く知っていて、面倒くさがらずに家の手伝いをする子でしたが、暇を持てあましているのか、登校するまでの間、よく料理をしていました。

## 自宅で新年を迎える

平成八年一月三日（水）

元旦、朝一錠の薬で終了。その夜から少し頭痛がしていたらしく、二日は氷枕をして、昼間はずっと寝ていました。

食事はごく普通にとっています。

今日は頭痛も治り、弟とファミコンをしてずっと遊んでいました。

私は息子の体調が崩れないか、様子に変化はないかと、絶えず顔色を窺《うかが》っています。

消えることのない再発への恐れを絶えず抱えながらの毎日ですが、そんな私の不安をかき消してくれるのは、息子の笑顔と私を気遣《きづか》ってくれる優しさです。

息子は治療で治って退院できたと思っているのですが、再発する病気であるということは知っています。そんな心の不安を家族には見せず、気丈に明るく振る舞う息子に、我が子ながら頭がさがる思いがしました。

病気になった運命や境遇を嘆いたり呪ったりしたところで、何の解決にもなりません。親の私がいつまでもメソメソしていては、子供に申し訳ないと思いました。毎日、心の中でこのような葛藤を繰り返していました。

この頃、学校に行っていないことを除いては日常生活はいたって平穏で、本人が食べたい物を食べる、それが一番良いと思い、普通の食事をして普通の生活をしていました。

ただ、食前にハーブティーを飲ませることが新たに加わっただけでした。

一月五日（金）

病院にて血液検査。

白血球五千、赤血球八・五グラム、血小板三十万（通常より増えて、徐々に二十五万くらいにまで減るとのこと）。

再発すれば、血小板も減り続けると言っていました。

どうぞハーブで守られますように。

一月六日（土）

髪の毛が生え始めてきました。薄く、産毛《うぶげ》のように全体に見えます。

ムーンフェイスも目立たなくなり、以前の顔に戻りつつあります。

一月十六日（火）

特に変化なし。

退院の時にげっそりと細くなっていた太ももの筋肉もほぼ元に戻り、口内炎は一月の初めには回復していたので、髪の毛以外は以前と変わらない元気な姿になってきました。

今はあの子が自宅に居るので、特に変化のない日は日記を書きません。

決断から約一ヵ月が経とうとしています。

相変わらず料理を作ったり、配膳を手伝うなど、くるくるとよく動きます。二度と苦しい治療を受けませんように！

一月十七日（水）

病院で検査、異常なし。

白血球五千九百、赤血球十・六グラム、血小板三十八万、体重五十五キログラム。

私が診察についていくことを、本人がとても嫌がります。「僕はもう子供じゃないから一人でいい」と言って聞き入れてくれません。

仕方なく待合室で待っていて、本人から結果を聞くと、先生は本人を見て、「大丈夫そうだね」と言ったそうです。本人が顔色もよく元気なので、先生もそうおっしゃったのだと思いました。

私も毎日、顔色を見ているのですが、血色がよいので安心できます。入院のときのように、顔色が悪くなると再発ということなのでしょう。

あと少しで、ハーブティーを飲み始めて二ヵ月経つことになります。飲んですぐに身体に働きかけて、息子の身体を守ってくれているのですね、感謝です。

# かつらが出来る



一月二十一日（日）

去年の十二月の病室でのことです。

髪の毛が抜け始め、床屋で坊主にしてきた息子に、先生は、「来年は少しくらいなら、学校に行くこともできるだろう」というようなことを話されました。

髪の毛はなく、ムーンフェイスになってしまった息子を、この状態のまま学校に行かせることは、親として辛く切ないものです。

退院させた時点で、かつらの購入を考え、年明けより息子と二人で、かつらを作るために何度か外出しました。

本人はかつらなしで学校に行くから作らなくてもいいよ、と言っていたのですが、私が無理に作らせてしまいました（このかつらが原因で、後に息子を苦しめることになりました。私がよかれと思ってしたことが間違っていたのかもしれません）。

そのかつらが今日、出来上がってきました。

かつらの内側に両面テープを貼ってかぶるのですが、全頭かつらで、男性用というのは作るのも大変なようで、私たちの要求に応えられるほど出来の良いものではありませんでした。

しかし、これで一応、学校に行く準備は整いました。

退院して一ヵ月あまり治療を中止して身体を休ませていたので、すっかり体調は元に戻っています。

心配なこと、不安なことの内容があまりに重いと、言葉にすることはできないものなのですね。お互いの心を思いやりながら、黙って淡々とお互いのすべきことをこなすしかありませんでした。

無理をせず、久しぶりの学校を楽しめますように……。

# 登校

一月二十二日（月）

朝、主人が学校まで送って行きました。

少し緊張した面持ちで、でもしっかりとした足取りで出かけていきました。

二時ごろ、一人で帰宅。友人たちと一緒にお昼を食べてきたそうです。

かつらをかぶっての登校。久しぶりの登校についての感想など聞けるわけがありません。あたり障《さわ》りのない会話で、息子の心を探るしかありませんでした。

辛いはずなのに、そんなことはおくびにも出さず、明るくしているあの子が不憫《ふびん》で仕方ありません。

頑張っている息子に、こんな風に考える私は失礼ですね。

家族みんながそれぞれの思いを胸に秘めて、口には出さず頑張っています。子供たちに負けずに私も頑張ります。

二月八日（木）

病院にて検査。すべて健康な人と同じ、正常。

白血球七千、赤血球十二・八グラム、血小板三十五万。

これから月に一回の検査になりました。病気は、子供自身の持っている自然治癒の力で治す。体のバランスを整えて、徐々に治してゆく。単にその手助けをしているのがハーブティーということです。

子供の命を救うことが出来たら、きっといつか他の人たちの役に立ちたい。どうか息子を守ってください。

# 骨髄バンクに電話

子供が登校している間に、私は子供を入院させた経験を持つ親や、患者本人に会ってみたいと思い、骨髄バンクに電話をしました。

同病の方たちがどのような治療経過をたどり、どんな副作用があったのか？　白血病の治療をして、その後にどのようなことが起こりうるのか？　治療後の生活の質は変化があったのかなかったのか？

もし息子に再発が起きても慌《あわ》てなくて済むように、と実際に経験した方たちの生の声を聞いておきたいと思いました。

私は、かならず治して見せると思っていましたが、その反面、最悪の事態も想定し、私の出来る限りの情報をすべて知りたいと思いました。

先生から聞いてはいましたが、再発はどのように起きるのか？　突然なのか、徐々になのか、経験した方たちの声を聞きたかったのです。

そしてそれは、自分の決断が間違っていないと再確認する意味もありましたし、自分を追い詰めて苦しむこと、私が苦しまなければ息子を助けられないと思う心、様々な思いから何かをしなくてはいられませんでした。

私が平成八年二月七日に骨髄バンクに電話をして話をした方は、ご自分の友人のお子さんが発病されてそれがきっかけで、ボランティアとしてバンクで働いているSさんという方でした。

息子の病気のことを話しました。

Sさんは、私が再発期間について伺うと、人によって違うけれど、早い人は治療しても一ヵ月もたたずに再発すること、鼻血・だるさ・血液の数値で再発はわかる、ということを話されました。

このときは、私の子供が治療を中断したということは話しませんでした。

Sさんは、白血病の患者家族の会であるフェニックスの会が後日あることを教えてくださり、そこで色々な話を聞くことが出来るので来たらいかがですか？　と誘ってくださいました。

私はすぐに場所と時間を教えていただき、そこへ出向く約束をして電話を切りました。

# フェニックスの会へ

二月十一日（日）夕方午後五時頃、「フェニックスの会」が開かれているK市のM町に出向きました。

玄関前でSさんとお会いして、建物の中に入りました。会場の中ではシンポジウムが開かれていて、私は廊下でその会が終わるのを待ちました。

しばらくすると、その会は閉会となり、一人、二人と人が出てきました。

Sさんは、その中の一人のTさんという方を私に紹介して下さいました。この方の息子さんの闘病はテレビ化されていて、残念ながら治療の甲斐もなく亡くなられていましたが、当時、私はこのテレビを見ていたので、見覚えがありました。

息子が病気になる前のことだったのですが、テレビを見た時に、現代医療に対して私が感じたことが、現在の息子の治療中断に大きく影響していると言えば、私がどう感じたかわかっていただけるでしょうか？

Tさんに挨拶をし終わると、その会に来ていた十人くらいの方たちと食事でもしましょう、ということになり、場所を近くのレストランに移して、皆さんとお話する機会を持たせていただきました。

突然、飛び入り参加した私に、皆さんは親切に色々なことを教えて下さいました。

Tさんのほかに、二名の方と色々お話させていただきました。一人は患者本人のHさんで、もう一人は息子さんが発病したというRさんです。三人とも女性の方たちです。

それぞれの方は、病歴を話して下さいました。

・再生不良性貧血から白血病になり、三ヵ月で再発、骨髄移植をしたが再々発。現代医療の最先端の治療を受けるも助けることができなかった。

・現在三十歳の方で、二十二歳で発病。八ヵ月の入院で退院。退院後は、維持療法をしていたが、一年半後（二十四歳）に再発する。最初の病院では治らないと言われたが、病院を変わって大丈夫と言われ、何事もなく三十歳の今もお元気でいました（ドナーを探したが、見つからなかった。再発の時の治療は移植前の治療に近かった）。

・七歳（小学校一年生）で息子さんが発病。維持療法を含め、三年間の治療。小学校六年生の秋に再発。その時に骨髄移植をうけたこと。学校には中二の三学期にほんの少し登校しただけで、二年間休学したそうです（担当の先生から、学校を休むように言われた）。初回治療の時は、髪の毛は生えてきたが、再発。それに次ぐ骨髄移植の治療で、現在十六歳で三年経つが、あまり良く生えなくて、治療で身長も止まったままということ。そしてまだ免疫抑制剤を飲んでいること。

この方に、再発の時はどのようにわかったかを伺ったところ、検査と検査の間で具合いが悪くなり、病院に行き、再発とわかったと教えて下さいました。

検査を一年でやめようと思ったのは、この話を聞いたからでした。

結局のところ、苦しい治療をしても再発しており、また副作用はかなりあるらしいということがわかりました。

でも、現在でも投薬治療があるのかないのか、副作用での後遺症の有無とそれは今でも残っているのか、などについては詳しく聞くことなど、とてもできませんでした。

それでも皆さんは、とても親切にお話をして下さいました。

皆さんと別れて一人乗る電車の中で、私はとめどなく流れる涙を止めることはできませんでした。

なんて長く苦しい戦いを強《し》いられる病気なんだろう。何年も治療をして、それでも再発の可能性を抱える不安の中で、心の休まる時はないでしょう。

Tさんは、私のことをしっかりしている、とおっしゃいました。

でもそれは、あの子が家にいて私の側にいるから。苦しい治療も痛い検査もなく、元気でいるからでした。

もしも、あの子が抗がん剤治療を受け続け、すべて先生の言いなりの治療を受けざるを得なかったら、私は平静でなんかいられなかったと思います。

私は、再発などさせたくない、絶対にこの治療は受けさせたくない、と思いました。私がそう思ったところで、ハーブが効かなければ治療をしなくてはいけないのですが、この時、フェニックスの会で皆さんの話を聞いた私は、強い治療をしても再発している方たちが多いことを知り、絶対ハーブで治すしかない、私の決断は間違っていないと思いました。

私の思う道で結果を出します。私はこの闘いだけは、絶対に負けられないし負けない、と一人、家路に向かいながら心に言い聞かせていました。

お医者様に子供の命を預けず、私が見守り助けること、あの子のために一番良いことを私なら絶対できると信じていました。

あの子は私の命そのものです。あの子のいない人生は私には無意味です。神様はきっと、私が生きていけないような試練を私には与えるはずがない。だから、あの子はこのままきっと治る。そう自分に言い聞かせていました。

四月に、再度バンクに連絡をとりました。Tさんがどう思われるか不安でしたが、息子の治療を中止したことを話しました。

「現代医療の最先端の治療をしても、私は息子を治すことができなかったのだから、どうせ再発するのなら、あなたのようなやり方もいいかもしれない。もし治ったら、学会で発表ものね」

Tさんは、私に感慨深そうに言いました。

今苦しんでいる方たちにも、もしかしたらこのハーブが役に立つのではないか？　私のようには出来なかったら、治療しながら飲んでも良いし、もう治らないと諦《あきら》めている方たちでも飲んだら良くなるのではないか？　再発の不安を抱え、同病で苦しんでいる人がいたら教えてあげたい。

TさんやSさんに息子のケースを知ってもらい、苦しんでいる人たちとの掛け橋をしてくれればいいのに……。私との会話から、私の思いを感じて欲しい。その時はそんな思いから電話をしていました。

私のしていることはお節介なのかもしれないし、傲慢なのかもしれません。

けれど、苦しんでいる人たちが本当に助かれば良いのに、ただその思いだけでバンクに電話したのでした。

でも、Tさんとの重苦しい会話で私は、自分がどうすればよいのかわからなくなりました。

がん治療というものが、これがだめだったから今度はこっちにしようね、なんて前に戻ってやり直せるものだったら、どんなに良かったでしょう。

Tさんの息子さんが生きていてくれたら、私のやっていることが、彼女の役に立つことだってきっとあったのかも知れません。

「あなたがしたような形で、白血病が治ったら、息子の死は一体、何だったのか?」Tさんの複雑な心境が、電話を通して私に伝わってきました。

これから連絡はあまりしない方がいいのかな? 私はそう思いながら電話を切りました。でも、やはり私は諦めきれず、息子の発病から一年経った十二月に再度、電話を入れました。何事もなく一年が過ぎ、再発がなかったことをTさんに伝えました。

Tさんは、私が何をして再発しなかったのかを最後まで聞きませんでした。気まずい雰囲気を感じて、私は一応の報告だけをして受話器を置きました。

お子さんを現代医学で助けることが出来なくてもなお、現代医学を信じるのですね。致死量ギリギリの抗がん剤や放射線の治療を受けて、移植をしても助からない人が大勢いて、移植するためのドナーを待って死んでゆく人たちがたくさんいることを誰よりもご存知のはずなのに、私の話に無関心をよそおうTさんに深く失望しました。

本当に患者の立場に立って考えているのなら、私たちのその後にだって関心を持つのではないでしょうか? 私はずっと待っていました。「その後どうですか?」と連絡を下さることを……。

けれど、そのようなことは一切なく、私は自分でも何か役に立ちたいと思っていた気持ちが独りよがりだったのかと悲しくなり、その後、二度とTさんやバンクに電話することは止めてしまいました。

# 月一度の検査

三月五日
異常なし。赤血球は十四・七グラム。

車で息子を病院まで送り、私は待合室で検査が終わるのを待っていました。

この日は、普段の血液検査とは別に、リンパの型の適合者を見つけるための血液検査も行なわれていました。非常に顔色がよく、元気そのものでしたし、病気になる前より顔色が良いくらいでした。

診察も終わり会計を済ませて、帰路につく車の中で、

「お母さん、今日は骨髄移植のために必要な検査をしたんだけど」私の顔色を窺《うかが》うように、突然、息子が言いました。

私はスーッと一瞬、血の気が引いて頭の中はパニックを起こし、何と答えて良いのかわか

りませんでした。先生の説明を否定するわけにもいきません。その時、私は、「一応念のために調べておくだけで、あなたには移植なんて必要ないと思うから大丈夫よ。心配しないでね」と、咄嗟にいつも思っていることを口にしました。

その時、私は入院して一週間ほど経った時の出来事を思い出しました。ベッドで横になっている息子と私が話している時、一人の看護婦さんが入ってきました。その看護婦さんは明るく、

「気分はどう？」と、息子の脈をとったりしながら、唐突に、

「骨髄移植のこと、先生から聞いてる？」と、まるで挨拶をするみたいに簡単に不用意な発言をしました。息子は首を振り、私はギョッとして、曖昧《あいまい》に返事をして言葉を濁すしかありませんでした。

私は、こんなに簡単に移植のことを言い放つ無神経さに腹が立ちました。夕方、病室に訪れた主人に、

「移植することになった時、告知を考えれば良いから、それまでには本人に告知はしないと先生も了承済みなのに、なんで入院したばかりの息子に、看護婦がこんな不用意なことを言うのか。医療従業者に、こんな大切なことも徹底してされていないのか。二度と病名のわかるような発言はしないでいただきたい。そう先生に抗議してきて」と、怒りで震えながら頼みました。ひどい、ひどすぎる。良くテレビや小説で告知のことが取り上げられているけれ

ど、まるで現実は違いました。

こういう病気になった子供たちは、病名を知っていて当たり前とでも言うのでしょうか？入院したばかりの患者であれば、なおのこと、病気の説明が本人にどのようにされているのか、事前に情報を持って接するのが看護婦ではないのか？

「こんなにも無責任なのよね。あなたたちにとっては、大勢の患者の中の一人でしかないのよね」

患者は治療の対象物として、物のように置かれて扱われる。私はやり場のない悲しみと怒りで一杯でした。

主人の抗議に対し、この時は先生もご自分の不注意を謝って下さいました。しかし、私の不信感は拭い去ることはできませんでした。

退院させてからは、別の意味で先生が息子に何か言うのではないかと危惧《きぐ》していました。先生の立場で考えれば、本人が本当のことを知ることで治療がないのを不信に思い、何とか治療を受けたいと決断してくれるのではないか？　私が先生ならそう考えます。

この日の先生の発言は息子を心配し、恐らくあえて移植という言葉を言ったのだと思いました。あの時の抗議は一体、何だったのか？

しかし、息子は退院したのは治療が終わったからだと、単純に信じていたようです。深く知ろうとせず、一切の質問を家族に向けませんでした。病名をひた隠しに隠し続けようとする私たちに対する思いやりと同時に、知ることが怖くて、私たちにすべてを任せていたように思います。

これより前に、主人と私と子供二人のＨＬＡの型を調べておきましょうと、先生にお会いした時に言われていました。

再発などしない、骨髄移植など必要ないと心の中で思っていましたが、もしもの時には先生にお世話にならなければいけないのだからと、その後四人で検査を受けました。

検査結果は、本人と家族の間でＨＬＡが一致する者はありませんでした。この時も、「子供にあんな恐ろしい治療はさせたくないし、必ず治る」そう思っていたので、少しも落胆することはありませんでした。

# 新学期

四月三日（水）

検査、異常なし。

少しでもおかしければ、すぐ入院だと思います。

数値は完全に正常なので、もう神経質になるのは止めようと思います。

ハーブも四ヵ月あまり飲みました。もっともっとこれから身体に免疫力がついてくると思います。危険はどんどん減ってゆくと思われます。

子供は定期テストも無事終わり、二年生に進級できました。

身体に自信がついて来たのか、私に気を遣《つか》うこともなくなり、干渉すると怒ります。これが当たり前の十六歳の男の子なのでしょうね。

五月二日
検査。結果を聞かずに帰宅。待合室にいることも息子が嫌がるので、少し離れたところに居ると、ちょうどK先生と廊下でお会いする。先生は、「大丈夫でしょう」とおっしゃいました。結果を見なくても、本人の顔色や様子から判断しているようです。

私の見る限り、この頃より先生も、「どうしてだろう?」と感じている様子が見て取れたのは、私の気のせいでしょうか?

何の異常もなければ、連絡がないと本人が言っていました。

検査の後、数日は電話が鳴るとビクッとしてしまいます。本人だってとても気になるはず。こんな精神状態は、身体にとても毒だと思います。

五月十四日(火)
治療中止より、本日で百三十五日が無事にきました。
この頃は髪の毛も耳の後ろが以前少し薄かったのですが、それも目立たなくなりました。
帽子をかぶり、CDを借りに行ったり、友人と外出したりして行動的で、元気に過ごしています。やはり、ハーブ一本で絞ってやったことが、良い結果になっているように思います。

六月六日（木）
検査異常なし、赤血球十六グラム。
顔色が良いわけです。ハーブ六ヵ月飲用。治療中止より百五十八日経過。
かつらをとるタイミングが難しい時で、この頃はそのことで悩んでいました。暑い日にかつらをかぶることは、とても苦痛だったと思います。

## やっぱり苦しんで亡くなっている

七月四日
昨日テレビで、Hさんという方の闘病のドキュメントを見ました。

結局、この病気は死が前提にあるので、生きるか死ぬかの厳しく辛い究極の治療を承知で、皆が受けるのです。Hさんは骨髄移植後五ヵ月で、悪性リンパ腫で亡くなっていました。

今の医療は、無理が多すぎるのではないでしょうか？　人間が本来持っている自然治癒力と免疫力を崩す治療ばかりです。苦しんで延命させているのか？　逆に寿命を短縮させているのか？　理解に苦しみます。

医者はこれしか治療法がないので、助からないとわかっていても、一か八かでするのでしょう。この治療で、本当にこれから先もがんは治ってゆきますか？

根源に疑問を持たない現代医学には、進歩など期待できません。

薬品会社の利益優先主義の元に、毒を盛られる患者の身になってほしい。薬には副作用があるし、副作用のないものは効かないと現代医学では良く言いますが、私の子供には副作用などなく、身体に良い作用だけしかありません。

自分たちの知らないことは科学的にありえないことと、現代医学だけが正当なのだといわんばかりの論理を押し付けないでいただきたいものです。

ハーブを飲ませる時に息子が、

「お母さんは医者だから、はいはい、飲めばいいいんでしょう」と、私をからかうように良く言っていました。そんな息子に私は、

「そうよ、私は医者よりあなたのこと考えているし、医者以上にわかることとだってあるんだから」と半ば真剣に、半ば冗談めかして言っていました。

私は、現代医療に失望し、憤りを感じ、絶対に治してみせるという強い使命感で一杯でした。

## 夏休みまで

その後、平穏に何事もなく毎日が過ぎていきました。息子は無事に定期テストも終え、顔

色はすこぶる良好で、再発の兆《きざ》しも見られません。

いつも子供の身体面にばかり目が行ってしまい、息子の内面は、いつも心の中で想像することしかできません。

明るく、愚痴も揺れる心も表面に出さない子でしたから、その面で悩まされることがなく、お互いに心をさらけ出して話をすることが出来ません。

七月十五日に終業式、翌日、検査異常なし。

やっと夏休みに入ります。かつらをつけての登校は、本人も私もすごいストレスを感じていたので、お互いにほっとしました。私に心配をかけまいと自らの不安な思いは、きっと胸に秘めて過ごした一学期だったのかもしれません。

# 学校に行きたくない

この年の夏休みも、例年と変わらずあっという間に過ぎてゆきました。

本人は、かつらもつけなくて良いし、退院時の体調面の不安も徐々に薄らぎ、健康に自信を取り戻していたので、たまに親子喧嘩をするまでになっていました。

あと数日で二学期が始まるという夕食後に、息子は突然、

「学校に行きたくない。今年は休学して、来年二年を始めからやり直したい」と切り出してきました。思いがけない突然の宣言に、私は目の前が真っ暗になりました。

発病当時は、この子さえ元気ならいい。学校も勉強も諦《あきら》めなくてはいけないと思っていました。しかし、退院してから普通の生活を送り、進級もできたのに、ここで休学するのはあまりにも勿体《もったい》ないと思いました。

「今まで何のために頑張ってきたの？」

健康でいても、いつまた学校に行けなくなるかも知れないという危険をはらんでの毎日でしたので、健康でいる今、休学は絶対に認められないと思いました。この子の将来に傷をつけたくない、何事もなかったように無事に卒業させてあげたい。

休学すれば、なぜ？　どうして？　と人に聞かれることも出てくるでしょう。ずっと聞かれるのも可哀そうだと思っていました。来年はかつらも取れて普通に登校できるのに……。

私の心を知ってか知らずか、本人は「もう一度やり直したい」の一点張りでした。でも、本人が休学したい理由は、私なりに理解していました。

退院してから一月に復学した時には、中学から三年間一緒で仲良しの友人や、一年近く一緒に過ごしたクラスの仲間の元に戻ってゆけばよかったので、心配してくれる友人たちに病気のことも話し、相談したり助けてもらっていたのです。

でも、四月の新学期は十八クラスを崩してのクラス替えで、友人の顔ぶれが一変していました。突然、新しいクラスにかつらを着けて登校しなければいけなかったのですから、さぞ居心地が悪かったのだと思います。

もう一つは、かつらをかぶっていると、生えてくる髪がまるで天然パーマのように縮れてしまうことでした。直毛だった息子の生えようとする髪は、かつらに抑えつけられ、真っ直ぐに伸びることを妨《さまた》げられてクセが出てしまうのです。かつらを取るタイミングが摑《つか》めません。

私は夏休みの間にくせが取れればよいと思っていましたが、一ヵ月半ではクセも取れず、髪の毛もたかだか二センチくらいしか伸びませんでした。

かつらがなかなか思うように上手に仕上がって来なかった時、息子は、「このままで行くから、つけなくても良いよ」と言っていたのに、かつらを着けて登校させようとした親心が、逆にこの子を苦しめてしまいました。すべてはかつらが原因のことでした。

息子の置かれた状況は想像できましたし、それを考えた時、息子は良く頑張っていたと思います。

しかし休学すれば、四年間一緒だった仲間より一年下の人たちとの新しい関係を作らなければいけないし、それに慣れるまでの息子の負担など、息子が休学することで新たに生じる問題を考え、

「今まで頑張ってきたのだから、あと半年頑張ってみようよ」「今、休学したら勿体ないよ」と何度も説得してみましたが、本人の決心は揺らぎませんでした。

そんな私とは反対に主人は、本人と話してすぐ休学を認めていました。子供の気持ちは良くわかっていましたが、私だけが諦めきれず説得を続けていました。

学校の担任の先生に本人の気持ちを伝え、心理学の先生も交えて色々相談をしたり、息子の友人も心配して、電話をかけてきてくれて説得をしてくれましたが、何をどう話しても本

人の決心は固く、どうすることもできません。

先生は、テストさえ受ければということで、ぎりぎりまで待ってくださいましたが、テストも拒否しましたので、十一月半ばに私は泣く泣く休学届を出すことになりました。

とても残念で悲しかったけれど、認めてあげるしかありませんでした。こんなに意思を曲げず、頑固な息子だとわかっていたら、早く認めて心を楽にしてあげた方が良かったかも、と少し反省もしましたが、親として簡単に引きさがれない複雑な思いがありました。

息子は、「僕は化学を信じる」ということを良く言っていました。息子が大人で自分の治療を自分で選択する年齢だったら、このハーブで治すことを認めなかったかもしれません。「子供で良かった。私が選択できて良かった」と、息子の頑固さを目の当たりにしてつくづく思いました。

# アルバイト

十一月に休学が決まって、息子がすぐに始めたのはアルバイトでした。学校は休んでいるから昼間は出来ないので、朝の新聞配達を決めたというのです。身体を動かさないと、なまって体力がなくなるので決めたと、これまた事後報告です。

発病からやっと一年経つか経たないかという微妙な時期でもあり、夜中の三時に起きて朝刊の配達をするというのですから、本当にビックリしました。

この時も「お願いだから止めて」と言っても、「大丈夫だから心配しないで」と取り付く島もありません。どれほど、このバイトのことで私と揉《も》めたことか。

結局、休学の時と同様に本人の意思が固く、頑として言うことを聞いてくれません。私は諦めて本人に任せるしかなく、毎日心配で心の休まる時はありませんでした。

翌年の二月に高校が休みに入り、昼間のアルバイトをやっていてもおかしくない時期まで続けました。

その数ヵ月の間には、雨や雪に濡れて、びしょびしょで帰ってくることも度々あったので、心配して何度も止めさせようとしましたが、本人は「大丈夫だから」の一点張りで、私の忠告など気に止める風もありません。私の心配をよそに実際、息子は風邪をひくことも具合が悪くなることもなく、至って元気で活発に動きました。

発病時、文京区保健所で都の難病指定認定手続きを受けました。当時その時の担当の方に、治療を止めたこと、本人の休学のこと、アルバイトのことを話して相談しました。その方は、「すごい息子さんだね。健康に自信を持ったから、休学したのよ。不安な時は絶対に学校に行くものだから」とおっしゃり、

「引きこもって暗くなったり、絶望してしまったりして、家の中がガタガタしてもおかしくないのに、身体をなまけさせないように、自分から大変なアルバイトをするなんて、なかなか出来ないことよ。息子さんを信じてあげなさい」と、親として嬉しい励ましを受けました。

長女も、

「私があの子の立場だったら、一日も学校に行けなかったと思う。夏休みまで行ったことがとても偉かったし、すごいと思う。休ませて良かったと思うよ」と言っていました。アルバイトについても、

「よりによって一番大変なアルバイトを選んで、あんなにきついバイトをよくやってるね」

と、弟の頑張る姿に圧倒されて感心していました。

私が予想もしなかった思いがけない展開は、いくつか重なりましたが、発病から一年も何事もなく無事に迎えることができました。

病院のK先生に、この間の子供の気持ちや様子を伝え、休学のための診断書も書いてもらっていました。

そして、一年を無事に迎えたら、月一度の検査も終了したいと考えていたので、そのことをK先生にお伝えしました。先生は検査を終了させることに対しては、もう何も反対はしませんでした。

そして、病院にはかからないし、再発はないと信じ、難病指定の手続きも更新しませんでした。

# 就学願い

平成九年二月五日（水）

新学期からの復学に先立ち、再度、診断書をいただくために久しぶりにK先生の元を訪れました。そのために昨日、息子は検査を受けました。

赤血球十六・一グラム、血小板三十五万と、異常はありませんでした。病気以前は色白なくらいでした。ハーブを飲んでから昔よりとても血色が良いのは、ヘモグロビンの数値が良いからだと思いました。何ら再発の兆《きざ》しはないということでした。

話の流れで、先生に病気について伺いました。発病当時聞いたことですが、余裕がなく忘れていることもありました。先生は、

「……、そのうち気になるのはリンパだけでなく、骨髄にも異常があったこと、そして染色体にも異常があり、これは白血病全体の五パーセントくらいの人にしか見られない。治療は

難しいタイプで、予後はあまり良くない分類と言える。発病後、治療しても一年以内の再発が多く、再発により予後は不良であること。この子は一年再発せずにきたので、もし今後再発しても、前なら五年生存が二〜三割に落ちると言ったが、その心配もなくなったこと。薬の影響はもう残っていない」ことなどを話して下さいました。

後に新聞で読んだのですが、染色体に異常がある治療が難しいタイプは、一、二年で移植が不可欠と書かれていました。息子も移植を勧められていましたので、多分同じなのだと思います。

先生は、絶対に一年以内には一〇〇パーセント再発すると断言なさったわけですが、息子はまるで風邪が治るように何の問題もなく、今日に至っています。

先生は、「ゆっくり進行するタイプかもしれない」と、私の顔を見ずにおっしゃいました。体の中でゆっくりと進行していると。

私はハーブを飲んで、息子の免疫力で治してしまったと思っています。

私は病院を後にして、就学願いを学校に郵送しました。

## 家出

主人の十年来の友人の中国人の方に、ぜひ春休みに家族で遊びにいらっしゃいというお誘いを受けて、もうすぐ新学期という三月半ばに香港へ旅行にいくことになりました。ただ一人、息子だけは、

「今回は新学期も始まるので行かない。一人で留守番するから、みんなで行って来て」と言うのです。

どうしようか迷いましたが、二人の子供たちが楽しみにしていることもあり、四人で出かけることにしました。

祖父母に留守を頼み、三泊四日の旅を終えて、三月下旬に成田空港に夜九時三十分頃、到着しました。

空港から自宅にいる息子に電話を入れると、誰も出ません。心配になって祖父母宅に電話

をすると、

「晩御飯を食べて、ちょっと出かけてくると言って出かけたんだけど」と祖父が言いました。

夜十一時頃、私たちが自宅に着くと、息子はまだ帰っていないのか、外から見る我が家に明かりはなく真っ暗です。

急いで玄関の鍵《かぎ》を開け、明かりを点《つ》けて居間に入ると、食卓のテーブルの上に置いてあるレポート用紙が目に飛び込みました。

「僕は学校に行かずに働きに出ます。

バイトで知り合った友達と大阪の方へ行くつもりです。

僕のことは心配しないで下さい。

一人でも生きてゆけます。絶対に捜さないで下さい。

僕を捜したら死にます。ごめんなさい」

と、赤いボールペンで走り書きがしてありました。

わけがわからないまま、息子の部屋に駆け込みました。

部屋には好きだったテレビゲームもテレビもなく、ガランとしていました。

これは本格的な家出だと直感し、すぐに下にいる祖父に知らせました。祖父は、

「今日の夕飯までは、明るく普段と何も変わらずに振る舞っていたよ」と、困惑したような様子で答えました。

その日はどうすることも出来ず、不安の中まんじりともせず夜を明かしました。

翌日から息子の行き先を探し求めて動き出しました。テレビなどの荷物は手で持っていくことはできないので、きっと宅急便でどこかから送ったに違いない。私と主人は近くのコンビニや宅急便取扱店などに行って、息子の痕跡を探しました。

しかし、息子が書いたと思われる伝票はなく、次に手紙にあったバイト先での知り合いを求めて、直前まで働いていた新聞販売店に行きました。

店主に事情を話し、息子の行き先に心当たりがないか伺いました。アルバイトを辞《や》めてからのことはわからないと言うので、関西出身の人が同時期にいなかったかどうかを尋ねると、さっそく調べてくださり、一人いることがわかりました。

「どこに住んでいるのか、どこで働いているのか場所はわからないけれど、彼はボクシングをやっていて、昼間は叔父さんの車の修理工場で働いているみたいですよ」と言われたので、唯一わかる彼の実家の電話番号を聞きました。

その彼の実家に電話をして事情を話すと、叔父さんの修理工場の場所と電話番号を教えてくれました。

修理工場に出向いて事情を説明し、彼の居場所を尋ねると、彼はもうすでに修理工場を辞めていることを話して下さいました。彼の現在住んでいる所を教えてもらい、彼の住まいを主人と二人で訪ねました。

夜の九時ごろだったでしょうか。アパートに明かりはなく、まだ帰っていないようです。彼の部屋のドアが見えるところに車を停めて、彼の帰りをひたすら待ちました。

数時間待ったでしょうか。彼の部屋のドアを開けて入る若い男性の姿が見えました。

主人は急いでその部屋に向かい、ドアをノックしました。出てきた若い男性に、事情を話し、息子がどこに居るか知らないか訊《たず》ねました。彼は突然の来客の質問にビックリした様子で、

「S君のことは知っているけれど、バイトを辞めてからは連絡を取っていないので知りません。彼の友人関係も分かりません」と答えました。

彼の様子から、彼は本当に何も知らないのだと感じ、私たちは次はどこを捜せばいいのかと、とても落胆しました。

帰路につく車の窓から、流れゆく景色の中に息子の姿を求め、祈るような思いで必死に探している私がいました。

その時の私たちは、人にどう思われようと構わない。ただ息子の安否だけを心配して、色々な人に手がかりがないか聞いてまわりました。

その後、上野、巣鴨、日暮里など、パチンコやゲームのできる息子から聞いたことのある場所を、昼も夜も息子の姿を捜し求めて歩きました。けれど、いっこうに手がかりはありません。

この時、私は息子に会えなくなったらどうしよう、ハーブも飲むことができなくなってしまう、再発してしまうのではないか？　と途方に暮れていました。

しかしその一方で、冷静になって、家出しなければならなかった息子の気持ちを考え、理解しようと努めました。

親の眼から見ては、問題が終わり望ましい状態になってきたと思っていたのですが、息子自身の問題は何も終わっていなかったのです。

病気を治すこと以外は、些細《ささい》なこととして私の心を通り過ぎてしまい、息子の心の問題を思いやっていなかったのです。

普段、何一つ心配させない息子の心の叫びは、家出という形でしか表現できなかったのだろうと思いました。

休学するという息子に、私は学校に行って欲しい一心で、

「休学するのなら、復学した後は一、二番の成績を取りなさいよね。それができないのなら、休学は絶対に認められないわよ」と、ひどいことを言ったことがありました。もしかしたら、そのことを気にしているのかしら？　私との議論で消耗することより、実力行使をしたのではないか、と思いました。

主人と私が捜し歩き、もう打つ手がなく、どこを捜したら良いのか万策尽きて苦しんでいた四月二日の夕方になって、息子から突然、電話が入りました。

「僕だけど。ごめんなさい」

「どこにいるの？　みんな心配しているのよ。お願いだから連絡先を教えて」私は矢継ぎ早に質問しました。すると息子は、

「僕は元気だから心配しないで。捜さないで。今、休憩中で時間がないから、また連絡するから」

「また絶対電話してね」と私が言うと、

「かならずするから」と言い残して、すぐに通話は終わりました。

その後連絡はなく、明日から新学期が始まるという四月六日になっても、息子は帰りませんでした。

四月七日、始業式に主人は学校に出向いて、担任の先生と面談をしました。

「息子は一年休学したことで、まだ気持ちの整理がついていないのか、行きたがらないのです。しばらく様子を見させていただけないでしょうか？」

「休学したことで友人も変わるし、本人も不安があるでしょうから、学校はそれまで待ちますよ。新しいクラスの子供たちには、今日は来ていないけれど、一年休学したS君が居ますよと紹介してあります。このクラスはみんなとても明るくていい子たちだから、一度不安がらずに学校に出てくるように、お父さんからも言って下さい」

「ありがとうございます。帰って本人にそう伝えます」そうお礼を言って、主人は学校を後

にしました。

その日の夕方、また本人から電話が入りました。私は、

「どこにいるの？　みんな心配しているのよ。早く戻っていらっしゃい。学校のことを心配しているのなら、そんなことは何も心配しなくていいから、行くだけ行ってみて、それでもどうしても嫌なら辞めてもいいのよ。とりあえず、家に帰ってきてお母さんと話をしようよ」

無言の受話器を通して、息子の迷いを感じました。とにかく一度帰って来なさい、という私に、

「うん。でも、いますぐは無理だよ。仕事を始めちゃったし、もう少し経《た》ったら、考えてみるよ。僕は元気だから心配しないでね。これからも始終連絡をするから」と言って、電話は切られました。

すると、すぐにまた息子から電話が入り、今度はとても元気な声で、

「お母さん、僕帰ることにしたから」と言うのです。私は本人の気が変わらないうちに連れ戻そうと焦《あせ》り、

「お父さんが迎えに行くから、どこに行ったらいいのかをすぐにお父さんに電話をして、場所を教えて」と告げました。

会社に居る主人に、急いで電話をかけてこのことを話して電話を切ると、息子からすぐに

主人の携帯に電話が入ったそうです。

主人がどこに居るのかを聞くと、息子が中学の時の塾でも通い慣れていて、主人の知り合いが経営している店のすぐ近くの恵比寿でした。主人は急いで車に乗って恵比寿に向かいました。

高速を降りるとき、

「お父さん、今どこ?」と普段、塾で迎えを待っている時のように、明るく弾《はず》んだ声で息子が電話をしてきました。

「今、高速を降りるところだから、あと十分くらいかな」と言うと、

「場所はわかるよね?」と、息子から催促の電話でした。

目的地に着くと、あるマンションのベランダから手を振る息子が見えました。そのマンションの前に車を停めると、大きなリュックと両手に紙袋を持った息子が急いで階段から降りてきました。

「ありがとう」と荷物を後ろの座席に置くと、「まだあるから」と言ってふたたびマンションの中に息子は消えました。

その時、主人は、久しぶりに見た息子の頭がスポーツ刈りになっていたことにビックリしました。

ふたたび紙袋を抱えて息子は車に乗り込み、

「さあ、帰ろう」

車中で、

「何でここにいて、何でそんな頭なの？」と聞くと、

「寿司屋の住み込みだから。このマンションが寮なんだ。今日は僕一人が公休だから、帰れるのは今日しかなかったんだ。ところで、香港楽しかった？」と、悪びれることもなく聞いてきました。

「食事もおいしかったし、とても楽しかったよ。それよりも今まで何してたの？　ずっと寿司屋なの？」

「違うよ」

「今までのバイト先や友達のアパートまで捜し歩いたんだぞ。みんなとても心配して大変だったんだよ」と息子が帰って来たので、主人も安心して明るく話すと、それを聞いて助手席の息子は無邪気に笑い転《ころ》げていました。

「置き手紙には大阪に行くって書いてあったけど……」

「大阪って書けば、そこまで捜しには行かないだろうと思って書いただけだよ」主人もそれを聞いて、つい笑ってしまいました。

家に着くまでの間、息子はこれまでのいきさつを話してくれました。

私は自宅で、夕飯の支度をして待っていました。階段を急いで上がってくる大きな足音が聞こえ、「ただいま」と、元気な声で息子がリビングに入って来ました。照れ隠しで笑いながら入ってきた息子を見て、家で待っていた私や二人の姉弟は笑いあってしまいました。

大きな荷物を降ろし、自分の部屋に駆け込んでいく息子は、まるで修学旅行から帰って来た時のようでした。長女が笑いながら、

「あんた一体、どこに行っていたのよ。みんな死ぬほど心配してたのにさ。あんたみたいに笑って帰ってくるの信じられないよ」と言うと、息子はそれには答えず、

「あのさ、お姉ちゃん……」と、普段の会話にすっかり戻っていました。

少し遅れてリビングに戻ってきた主人も交え、五人で食卓を囲みました。そこでどこに住んでいたのかを本人に聞くと、

「学校を辞めて仕事に就《つ》くからには、実力で生きていける世界しかないと思って、寿司屋に弟子入りをして、そこの寮に住んでいたんだ」

「お店の人たちは、まだ未成年のあなたを簡単に雇ってくれたの？」

「店主は、学校を中退したり、色んな事情で働く奴はいっぱいいるんだから、今から頑張れば一流の料理人になれるぞ。自分の店を持つこともできるし、その時は親も招待して認めてもらえるから、それまで頑張れ、と励ましてくれたよ。でも、寿司屋の修行は縦社会で厳し

いところだったよ」

「寮はどんな感じだったの？」

「綺麗なマンションの３ＤＫの部屋に、四人で住んでたよ。洗濯や掃除は、弟子入りしたばかりの僕がやっていたよ」

「髪の毛はどうしたの？」と聞くと、

「板前は頭は五分刈りにしなくちゃいけないし、仕事をする時は、雪駄に素足で朝から晩まで下働きをしていたよ。でも学校を辞めるのは勿体ないよ、と先輩たちからも言われたし、自分自身も学校に戻った方がいいなあって思い始めたんだ」息子がそう言うと、

「あんたは本当にやることがアホだよね」と言う姉の言葉につられ、みんなで大笑いしていました。

この日の夕食は家出後の話や、私たちがどんなところを捜したかなどを話題にして、いつも以上に賑やかな食卓となりました。

息子から電話が入る前まではこの世の終わりみたいに憔悴《しょうすい》していた私だったのが、元気で無邪気な息子に、

「本当に人騒がせな子だわ。でも、本当に無事に帰って来てくれて良かった」心からそう思い、他の家族も皆同じ気持ちでした。

夕食後、息子は、「ちょっと疲れたから、学校には明後日から行くよ」と言いました。

去年の夏休みから数えると、八ヵ月余り学校生活にブランクがあり、下の学年の人たちとどう接して学校生活を送ってゆけるのか、不安と心配でいっぱいだったのでしょう。

でも、この家出をきっかけに、しっかり心も決まったようです。

翌日は、二日だけ居たという十条の新聞販売所に主人と一緒にテレビを取りに行き、挨拶をして帰宅しました。その日は、明日の学校の支度をして早く休みました。

# 復学

いよいよ息子にとっての新学期が始まりました。学校から帰って来た息子に、

「どうだった?」と聞くと、

「普通。クラスに結構留年した人もいて、面白い奴が多いよ」

先生のおっしゃった通り、気の合う元気の良い子たちが多いクラスで、すぐにたくさんの友人もでき、その学年にも馴染《なじ》み、溶け込んでいったようです。新しい友人に恵まれ、その後は何の心配もなく昔の息子に戻り、生き生きと学校生活を楽しんでいました。

その時の友人たちは、今も変わらず仲良くお付き合いをしています。

発病から復学に至るまでのこの一年半の間、色々なことがありました。息子はたった三週間の治療しか受けなかったわけですが、再発を心配するような体調不良はありませんでした。

その代わり、副作用による脱毛で、休学という選択を余儀なくされました。

白血病にならず、治療を受けなければ、しなくても良い経験だったと思います。

平成七年六月にハーブを知った時点で飲ませていたら、絶対に発病はしなかったと、今は確信を持って言えます。

何故《なぜ》あの時に母に飲ませたのに、息子に飲ませなかったのか、今さら悔やんでも遅いのですが、本当に後悔しています。

けれど、一方で息子の体験を通して、このハーブの効果を確認できたことも事実です。

長女は私がこの体験を書いていることを知っていました。息子には隠していたのですが、何となく私が何か自分のことを書いていると察していました。

長女は治療を途中で止め、ハーブで治ったことを教えたそうです。それを聞いた息子は、

「ひでえ親だなあ。僕全然知らなかった。てっきり抗がん剤が効いて治ったんだと思っていたよ。僕がそれを知っていたら、きっと先生の言う通りの治療をしただろうな」と笑顔で答え、さらに、

「三年経った頃、担当のK先生の診察を受けたんだけど、その時にK先生からもう治ったと思うし、再発もないと思う。まだ一年目の時はどちらとも言えなかったけれど、もう大丈夫だと思う。お母さんは何をしていたの？　と聞かれて、僕はただお茶を飲んでいただけですって言ったんだよ」

娘はすぐに弟との会話を教えてくれました。娘は、

「あの子は先生に何回か会ったり電話をして、病名を聞いたりしたらしいけど、病名をはっきり知らされることはなかったみたい。でも、自分は病名をわかっていたと言ってたよ。そして本当に治療で治ったのだと思ったみたいよ」

私はこの時、初めてK先生との会話のことを知りました。私に秘密があるように、息子も私に内緒にしていたことがあったのです。娘は、

「あの子は当時の様子をよく覚えているって言っていたよ。でも、あんまり話したくなさそうだし、私も可哀そうで聞きづらいから聞けないんだけどね」と言いました。

発病から三年も経った頃、ハーブを飲むのが途切れたことがあり、季節の変わり目に風邪を引いたことがありました。その時、息子は、

「いつもと様子が違う」と大騒ぎです。私が、

「顔色もいいから、大丈夫だから心配することないわよ」と、いくら言っても聞きません。

息子は再発を心配して慌《あわ》ててK病院に行き、

「何でもなかったよ」と、安心して笑顔で帰って来ました。

「お母さんの言った通りでしょう。ハーブを飲まないからいけないのよ。さあ飲みなさい」

などというやりとりがありました。

とにかくハーブを飲むことを面倒がって嫌がるので、そのことで私と言い合いになること

が多かったのです。

具合が悪くなると、「ハーブを飲みなさい」といわれるのを嫌って、私だけには内緒で、先生のところに行っていたようです。

先生が顔色を見て、「ただの風邪だよ」と言っても納得しないので、血液検査をしてくれたこともあったそうです。

この七年の間に、何回かそんなことがあったようですが、自分の心配のしすぎと、この頃は少し思ってくれるでしょうか？

# 病む人たちへ

我が子がこの先受ける治療によってみるみる憔悴していく姿を想像したり、生きてきて良かったと思える内容ある生活の質が保証されないであろう医療に、我が子の命を預けることにどうしようもなく苛立《いらだ》ちを覚えました。

血肉を分けて、この世に生み出した我が子の痛みは、私の痛みであり苦しみでした。退院させ車で自宅に向かっている時、不安と同時に安らぎのような思いすらありました。ほっとして明るく話す息子と主人を見ている時、私は病そのものへの不安よりも、病院から抜け出した喜びの方が大きかったことを思い出します。

現代医学や一般常識では、生命を助ける治療という目的の前で、生活の質も教育も、些細なことと片付けられてしまいます。生活の大部分が治療のために存在し、自由のない閉ざされた時を、何年も過ごさなければなりません。治療を受けたからといって、全員助かるわけでもないのに、です。

病人だからと言って、人生を諦めなくてはいけないのか？　医療の目的とは、一体何なのか？

がんと知った時点で、患者が選択できる道はとても狭く、すぐに治療が始まります。少しでも治療が遅れれば再発するのではないか、転移するのではないか、と頭の中はパニックに陥り、医師に命を委ね、身を任せるしかありません。

患者にとって医師や看護婦は、誰よりも信頼される存在になり、まるでベルトコンベヤーに乗せられたような状況で、次から次へと治療計画が実行されて行きます。自分で考える時間など、ないに等しいのです。

どれほど多くの方が「早期です」という言葉を信じ、手術に挑んだことか。なぜ再発や転移が、早期と言われた人たちに起きるのか？

医師はそのがんが局部的なものか、転移しているものか見分けることさえ出来ないのに、患者をせかすように治療に追い込むのは何故なのか？

化学療法では免疫系統が破壊され、人間が本来持っている自然治癒力を奪うだけで、重篤な副作用があり、命を縮めるだけに終わってしまうこの治療が、「念のために」という言葉で薦《すす》められ、日常的に行なわれるのは何故なのか？

検診や検査法の向上により、早期がんの発見が進んだと言われているのに、がん患者の死亡者数が減らないのは何故なのか。

このような何故だろう、と思うことの多いがん治療に対し、私は不信感を募《つの》らせていました。

近藤誠著「患者よ、がんと闘うな」に、それは論理的に良く説明されていて納得できるものでした。学会で発表されていようといまいと、現実から導かれる事実により、どのようなことが想像できるのか、このことが本質を見極める上で一番大切なことではないかと私は思いました。

現代医学の問題点を知れば知るほど、息子の命を助け、生活の質を守るためには、がんを全身的な病と捉《とら》えて根本原因を正す代替療法でやるしかない。

そう決心して、私は現代医学で否定されている治療で、治癒させるために息子を退院させました。

私の息子は、同じ病の人たちが受ける治療を受けずに七年間、健康に生きて人生を楽しんでいます。

しかしまた、私はこの事実の前に、後ろめたささえ感じることがあります。

退院する時に残されていたあの子供たちと別世界へ来た息子。あの子たちは今、どうしているだろう？　将来のことは分からないけれど、現在までに至る時間は、息子の方が幸せではなかったか？

この七年の間に、どれだけ多くの方たちが過酷な治療の末に亡くなっていったのでしょうか？　患者本人や家族たちが寄せる悩み、苦しみ、心の痛みの重さや質には何の差もありません。

当時、私も他の人たちがそうするように毎日、息子の命を助けてくださいと祈りました。でも祈りだけでは、何も解決しないこと、願いが届かないことは、兄の死で充分わかっていました。

同病の方たちとの生死の明暗を分けたのは、息子の命を守るために自分の頭で考え、自分が最良の方法だと思ったハーブに賭け、実行した結果だと思います。息子はほとんど治療せずに完治することができました。

私のような形で治療を中止することは、ほとんどの人は出来ないかもしれません。

でも、今自分が受けている治療が長期生存を確実にするものなのか、単に一時的な症状を癒《いや》すに過ぎないものなのかを真剣に考え、無意味な治療をしていたのなら、止めることはできるはずです。

そのためにも、自分の病を良く知り、その治療が本当に必要なものかどうか疑問を持つことはとても大切なことだと思います。

人生には、時として奇跡が起こるものなのではないでしょうか？

でもその奇跡は、自分でリスクを承知して行動して初めて起こるものなのではないでしょうか？
今、私はそう思っています。
生意気なようですが、皆さん、もっと今の医療の抱える問題点を考えてください。
現代医療で治っている病がどれくらいあるのかを考えてください。

# ハーブを試してみて

息子は、この病にかかる前から持病に喘息《ぜんそく》を持っていました、少し激しい運動をすると少し休み、息を整えてからまた運動をしていました。

中学の頃から、携帯用の吸入器を持ち歩き、使っていたようです。

大きくなると私の目の届かないところで、どれくらい使用しているのかわからないので、とても心配していました。

発病した時も、喘息が出て薬を出してもらって飲んでいました。そして退院した翌年の一月に、また喘息の薬を処方してもらいました。

しかし、気がつくと、この喘息もこの後一回も出なくなっていました。あれほど頻繁に使っていた飲み薬も吸入も必要なくなっていました。

このハーブは、がんの特効薬として誕生していたのですが、私が父母に健康維持に薦《すす》めて飲ませたのと同様に、がんとは無関係な人たちが飲んでも様々な効能が発見されている薬草茶です。ですから、息子の喘息も同時に治っていたのだと思います。

私の父にも、とても不思議なことがありました。

私がハーブを薦め飲用して一週間ほどすると、父から電話が入りました。

「ハーブを飲み始めてから、お酒がまずくて飲めなくなったんだけど、どうしてなのかな?」

「今のお父さんの身体に、ビールは害があるから飲みたくないのよ。そのうち体が良くなれば飲めるから、心配しないでいいわよ」と話しました。

その数日後からまた飲めるようになったと、嬉しそうに電話が入りました。

私の実家は、毎年冬になると風邪をひいて一家全滅という状態だったのに、それもなくなりました。

七十五歳の父は、兄の死後も会社経営をしていて、毎日忙《いそが》しく働いていました。

ハーブを飲んで一年半経った平成八年十二月二十四日、その日は年内の仕事納めの日でした。

父は仕事場からいくつかの麻袋に入った廃材を、K市の工業団地にある倉庫に持ち帰りました。父は大きなドラム缶で、それらの廃材を燃やし始めました。良く燃えるように火かき棒でかきまわしては、また他の廃材をくべてゆく。周《まわ》りは大きな工場ばかりで民家のないところなので、父は木屑なら良いだろうと、母が止めるのも聞かずに燃やしていたそうです。

父は廃材だけだと思っていたので、その麻袋の底を両手で持って、ドラム缶の中に振り入れ、覗《のぞ》き込みながら火かき棒でかき混ぜていた時、それは突然起こりました。すごい爆発音がしたと同時に、覗き込んでいた父の顔目がけて赤いペンキが炎の塊となって飛んできて顔に張り付いたのです。

ジャンパーにも火が移り、父は急いで着ているものを脱ぎ、そばの水道で顔にも水をかけて火を消しました。父の側で遊んでいた妹の子供は、あまりのショックに泣きながら、

「おじいちゃんが燃えちゃうよ」と、何度も叫んでいたそうです。

爆発音で、社員や母が驚いて外に飛び出し、火を消す者や救急車を呼ぶ者など大変な騒ぎとなりました。しばらくして到着した救急車に父は乗せられ、社員一人が付き添って病院に運ばれたのです。母はショックでその場に残り、私に電話をしてきました。

「お父さんが火傷をしたから、悪いけどすぐ来てくれる?」

「わかった」搬送された病院を聞き、主人と二人で駆けつけました。

病院に着いて父を捜すと、ちょうど車椅子に乗って顔じゅう包帯でグルグル巻きにされた父に会えました。包帯が赤く染まっていたので、ビックリしました。それは赤いペンキと聞かされましたが、眼以外は包帯で隠れていて状態はわかりませんでした。

一通りの検査の後、父は集中治療室に移されました。お正月で人が足りないのか、十二月

三十日には一般病棟に移されたのです。年が明けてから、私たち姉妹で父の容態を聞きたいと、主治医に面会を申し込みました。

「どんな様子でしょうか？」と聞くと、

「顔面全体に四度の火傷《やけど》で、元の顔に戻ることは絶対にないことだけは理解して覚悟しておいてください。顔の皮膚は他と比べて柔らかく、そこに四度の火傷をしてしまったので、ケロイドになったりするし、皮膚の移植もしなければいけないと思います」

先生は淡々と言いました。私は火傷で跡が残るのは感染症になって皮膚がぐじゅぐじゅになり、崩れるからだと思っていたので、先生に、

「火傷部分が感染症を起こさなければ、傷にはならないんですよね？」と伺うと、

「それはそうなんですが、まずそれは無理なことです。感染を一〇〇パーセント防ぐことはできません。だから、元の顔には絶対戻りません」先生はそう答えました。

面会の後で、私は姉や妹に、

「ハーブを飲んでいたから、感染症になんかきっとならないよ。お父さんの白血球が、細菌を抑え込むから大丈夫だよ」と話しました。

先生との面会後、一、二日経った頃より、全体を覆っていた包帯が少しずつ取られていきました。その時は、包帯を取り替えても取り替えても、びしょびしょになったそうです。ほとんどの包帯がなくなるのに、十日間くらいかかったでしょうか。みるみる火傷が良くなっ

ていったのです。先生も看護婦さんもあれだけひどい火傷だったのに、みるみる綺麗になってゆく父の顔を見て、とてもビックリしたそうです。

それから数日で退院したのですが、父の顔には火傷のシミ一つ残りませんでした。私は母と、

「やはりハーブで守られたね。思ったとおりだった」と話しました。改めてこのハーブの素晴らしさを再認識しました。

父だけでなく妹の子供も虚弱体質で、具合の良い時の方が少ないくらいの子だったのですが、このハーブを飲ませてから風邪を引かなくなりました。気がつくと丈夫になっていたので、昔から丈夫だったと錯覚するくらいです。自然に健康になっているから、とても不思議です。

今、我が家では健康維持のための強壮剤として飲用しています。重病にかかる前に飲んでおくのが一番効果的だと思っています。

## ハーブの歴史

『がん代替療法のすべて』（株式会社　三一書房）に、このハーブの歴史が詳しく書かれているので、本文を引用しながら紹介したいと思います。

「この無害なハーブティーは、カナダの看護婦リーン・ケイシーによって使用されたがん治療である」

一九二〇年代から九十歳で亡くなるまで、リーンは何千人ものがん患者の治療に成功し、「絶望的」「末期」と諦《あきら》められていた多くの例を含む何百もの寛解例を報告しています。

このハーブの歴史は、リーンがオンタリオ州のハイリーバーリー病院の外科看護婦として働いていた頃、奇妙な傷の入ったしわだらけの乳房をした年取った患者に気づいた一九二二年に始まります。

ほぼ八十歳だったその女性に、一体どうしたのかと尋ねると、その女性は三十年くらい前に乳房に腫瘍《しゅよう》が出来たが、インディアンの友人がハーブ薬で治療してくれたのだと答えました。

その女性は医者から進行がんだと診断され、乳房は外科的に除去するべきだと言われましたが、インディアンのハーブ療法家に賭けたいと思い、そのインディアンから処方された調合薬を飲みました。

飲用を始めると、その女性の腫瘍はだんだん退縮してゆき、ついには消失し、それから二十年以上も後にリーンが病院で偶然その女性に出会ったときにも、完全にがんのない状態でした。

リーンは、その女性にハーブの調合薬の作り方を教えてもらいました。

一九二四年、進行胃がんの診断を受け、肝臓まで侵されていて余命六ヵ月と診断されていたリーンの叔母に、このインディアンの調合薬のことを思い出し、飲用させたいと思いました。

叔母の主治医であったトロントのR・O・フィッシャー博士に許可を求め、飲用を開始して約二ヵ月後には叔母の体に変化が起こり、一年後にはすっかり腫瘍が消えてしまったことが証明され、その後二十一年間生き続けました。

フィッシャー博士とリーンは、その後、共同して医者から末期だと諦められていたがん患者を治療し始め、その結果、劇的に改善をした人がたくさんいました。

リーンとフィッシャー博士は、人のがんを移植されたマウスで実験することによって、このハーブの組み合わせの効力が最大限になるように修正していきました。

リーンがこのハーブ療法を、エジアックと名付けたのはこの時のことです。

リーンが治療した最初の例の一つに、糖尿病を合併した大腸がんの女性がいましたが、病状がさらに悪くなるのを避けるために、一九二五年にその患者へのインシュリンの使用を中止しました。

ハーブ療法を始めると、最初はその女性の腫瘍はほとんど大腸を塞ぐほど大きくなり、固くなりましたが、次第に腫瘍は柔らかく小さくなって消失しました。

非常に奇妙なことに、その女性の糖尿病も消えてしまいました。

インシュリン発見者の一人で、世界的に有名なフレドリック・バンティング博士は、一九二六年にこの臨床例を再検討した結果、エジアックはどういう作用機序にしろ、肝臓の分泌《ぶんぴつ》腺《せん》を正常機能にするように刺激することで、糖尿病的条件を取り除いたに違いないと結論したということです。

一九二六年、九人の医師は、リーンがエジアックがん治療法を大規模にテストすることを許可するように、カナダ連邦保健省に陳情しました。

その署名済みの陳情書には、エジアックは腫瘍を小さくして絶望的な患者の寿命も延ばし、たとえ「他のすべてのものが試みられたが、すべて効果がなかった」という場合でさえ「注目すべき有益な結果」を示したと証言されていました。

オタワ保険福祉省は、看護婦リーンを逮捕するか、免許なしでの医療行為を中止させるために、公式な条文で武装した二人の医者を調査のために送り込みました。

リーンが「末期の患者だけを扱っているし、自発的に試してみたいという場合のみ受けつけている」と説明すると、二人の検査官は引き下がりました。

そのうちの一人のW・C・アーノルド博士は、リーンの臨床報告に大変心を打たれたので、トロントのクリスティー・ストリート病院で、マウスを使って実験を続けるようにリーンを説得しました。

一九三五年には、ブレイスブリッジのA・F・バステドー博士は、大腸がんの末期患者をリーンに見せ、この患者が回復したのを見て、あまりにも強い印象を受けたので、ホテルの建物をリーンに提供するようタウン議会に働きかけました。

それを受けて、タウン議会はリーンのために、一ヵ月一ドルの家賃で古いブリティッシュ・ライオン・ホテルをがん病院として提供し、その後七年以上に渡ってリーンは、この建物で何千もの患者を治療しました。

この病院がオープンした頃、リーンの七十二歳の母フリセルデは、肝臓がんだと診断されましたが、心臓が弱く手術は出来ないし、オンタリオで最も優秀な専門家の一人ロスコー・グラハム博士から、数日間の命だと言われました。

リーンは、毎日エジアックを注射し始め、治療十日後にはフリセデルは回復の兆《きざ》しを見せ始め、ついには完全に健康を取り戻し、エジアックの量も減らしてゆくことができ、心臓病で安らかに眠るまで十八年間生きたのでした。

リーンは、何年か後に、

「普通ならば生きることのできなかったはずの十八年間の命を、母にあげることができたということは、私の仕事すべてに対する報いだったのです。医学界の手の前に、私が我慢してきた多くの告訴を補うものでした」

と回顧しています。

一九三二年には、トロント・スター紙に、「ブレイスブリッジの若い女性、注目すべきんの治療法を発見」と大見出しで紹介され、この治療法はより広く知れ渡りました。たちまち盛況を極めたクリニックは、まるで巡礼者が溢れるルルドの聖堂のようでした。

一九三七年、ハーブ療法に懐疑的な研究者であったロサンゼルスのエマ・カーソン博士は、臨床記録を詳細に検討し、四百人以上の患者を調べました。その詳しい報告書には、「エジアック療法について得られた議論の余地のない結果に、かなり精通している何人もの著名な医者や外科医たちが、リーンの『エジアック療法』は、『現在発見されているもののうちで』最も慈悲深く最も満足できる、そして最も成功頻度の高いがん絶滅のための治療法であることを認めました。

それぞれの患者がどのように回復していったか調査し、議論の余地のない改善の記録を調べていくうちに、私はほとんど自分の見たものを信じることができませんでした。しかし、私はいくつかの深刻に悪化していた例を見るにつけ、自分の目を信じざるを得ませんでした。ケイシー先生の患者のほとんど大多数は、外科手術、ラジウム、X線などが無効であり、不治だと言われた後に治療に来ています。エジアック療法から得ることの出来る本当の進歩と実際の結果にはまったく驚かされましたし、この確信を説得力のあるものだと確認するための調査が行なわれるべきです」

と記しています。

そしてもう一人、ブレイスブリッジ病院を調査したトロント大学の指導者で解剖学の教授ベンジャミン・ギャット博士は、一九三〇年代に何十回も調査した結果について、

「このような場合、痛みをコントロールすることはとても難しいので、痛みが軽減されることは顕著な特徴だと考えられます。真のがんの例を調べると、多くの難しい例で出血をすぐにコントロールできることがわかりました。口唇と乳房の開いた傷が治療に反応しました。頸部がん、直腸がん、膀胱がんは消失しました。名声の高い医者と外科医に診断された胃がん患者は、正常な生活に戻りました。

……私には完全に効果のあった患者と、部分的に効果のあった患者がそれぞれどのくらいの数にのぼるのかはわかりません。しかし、腫瘍を破壊することによって回復をもたらす治

療法を、この病院で目撃したことは重々承知しています」

とまとめています。

一九三八年、ブレイスブリッジの看護婦たちは、リーンが逮捕されるという恐怖から解放され、自由にエジアックでがん患者を治療できるように許可を求めて、オンタリオ州議会に法案を提出しました。

患者、患者の家族、多くの医者を含む五万五千人以上の人がその法案を支持して署名しました。一九三九年三月の公聴会では、三百八十七人ものリーンの患者が証人として証言するために現われたにも関わらず、わずか四十九人だけが証言を許されました。

そのうちの一人、アニー・ボナーは、子宮がんと大腸がんだと診断され、がんはラジウム治療の後に腕が普通の二倍に膨《ふく》れあがり、黒色になるまで広がったと証言しました。

手術前夜、体重は四十一キロにまで落ち、手術せずエジアック療法を試したいと思い、四ヵ月のハーブ療法を試みた後、腕は正常に戻り、体重も二十七キロ増えて六十八キロになり、X線検査でがんが消失していたと、さらに証言しています。

しかし、王立委員会は、アニー・ボナーの例を「放射線による回復」と記しました。

もう一人の証言者ウォルター・ハンプトンは、病理学者によって口唇によるがんだと診断されたが、ラジウムを断わり、エジアック療法を実行した結果、正常にまで回復したと証言しています。

王立委員会は、まったく手術を受けていないという事実があっても、この例を「外科手術による回復」と分類しました。

このような例は、数えあげればキリがなく、回復の原因を偽《いつわ》って記すのに加え、たとえその患者が二人以上の資質のある医者によって絶対にがんだと診断されていても、王立委員会は、それらの数え切れない例を「誤診」と決めつけました。

このような不誠実な戦略を使い、委員会は、「挙げられた証拠はがん治療法としての『エジアック』の有効性に関して、どんな好ましい結果も正当化することはできない……」と結論づけ、その結果、法案は三票の不足のため可決には至りませんでした。

一九四二年、自分の医学的仕事のために投獄されるのを恐れ、落胆したリーン・ケイシーは病院を閉めました。

しかし、その後三十余年以上に渡り、自宅から離れて厳格な秘密状態でがん患者を治療し続けました。

ここまでが「がん代替療法のすべて」に書かれているエジアックの誕生の歴史ですが、ここから先は、注射ではなく元来、インディアンたちが用いてきたように飲む煎じ茶として完成され、医薬品ではなく健康飲料として手軽に普及するまでの歴史を、簡単に記述しておきます。

一九五八年、リーンはかつてジョン・F・ケネディ元大統領の主治医であったマサチューセッツ州ケンブリッジ大学のチャールズ・ブラッシュ博士とその後、共同事業に取り組みました。

彼は精神医学、産科、内科、外科医学の博士の分野でも非常に尊敬され、有名な人物で、他の治療方法にも偏見を持たずに目を向ける人物としても知られ、自分の病院でもそれらの治療法を用いることがありました。

リーンの治療で病気を治した人の働きかけがきっかけで、ブラッシュ博士から招待を受けたリーンは、ケンブリッジに移り、ブラッシュクリニックでの臨床活動をふたたび開始しました。

この時、インディアンのオリジナルレシピに最も近い八種類のハーブの調合法を完成させ、さらにこの八種類のハーブが最大限の相乗効果を及ぼす煎じ茶作りに従事し、注射ではなくインディアンたちが用いてきたような飲む煎じ茶として完成させました。

一九七七年に、カナダの「ホーム・メーカーズ」という大手雑誌がリーンとエジアックの歴史を取材し、掲載したことで、カナダ全土にセンセーションが巻き起こり、当時八十九歳のリーンは、ふたたび脚光を浴びることになりました。

そして、エジアックの治療を求めて、多くの人々がリーンのもとへ訪れるようになりました。

しかし、リーンはパートナーであるチャールズ・ブラッシュ博士と、研究し完成させた詳細な八種類のハーブ調合法を残し、一九七八年、八十九歳でこの世を去りました。

一九八四年、カナダのバンクーバーで放送されているラジオ番組のベテラン制作プロデューサーであるイレーン・アレグサンダーは、それまで薬に変わる治療法といった数多くの代替療法の番組を制作し、このハーブティー療法について、ブラッシュ博士にインタビューを申し込みました。

このラジオインタビューを聞いていた沢山の人々から反響がありましたが、その大半は重病に冒された病人たちからのものでした。この信じられない病気を治すハーブティーすべての取材を元にした番組が一回二時間で七回シリーズ化され、二年間にわたり放送されています。

ブラッシュ博士はイレーンの誠実で良質な調査研究や、彼女の仕事に寄せる熱心さに深い共感を持ち、二人は次第に親交をあたためてゆきました。

一九八八年、ブラッシュ博士は、八種類すべてのハーブを使う処法の権利をイレーンに譲る契約をしました。

イレーンは、重病で苦しんでいる多くの人々を助けることに情熱を傾けていました。そして一番の課題は、このハーブの製造販売を委託するのに相応《ふさわ》しい会社を探し出すことでした。

イレーンは四年の歳月をかけ、一九九一年、名実ともに申し分ない健康食品会社を選び、契約を結びました。

この健康食品会社は厳選された品質を用い、最新技術を駆使して製品を製造するということで、重んじられ、人々の間では評判も良く、その製造設備は有機的公認エージェンシーである国際保証クオリティーにも認定されていました。

純粋な効能力のある上質なハーブだけを提供するハーブ栽培家たちとも契約を結び、市場に溢れる多種多様なエジアック療法の類似品との混乱を避けて、「フローエッセンス」の名前で、世にエジアックをデビューさせました。


こうした歴史を読む時、太古の昔からインディアンの医療家たちが、このような素晴らしい薬草茶の調合を発見し、病気を治していたことに感動します。

それがリーン・ケイシーに受け継がれ、様々な告発と迫害を受けながらも、五十年以上インディアンの薬草茶の調合法を大切に守り通してくれたこと。そしてその後、ブラッシュ博士と共同研究の末、手軽に飲用できるハーブティーにまで完成させてくれたことに、深く感謝しないではいられません。

これまで私が目にしてきたほとんどの民間療法では、化学療法と併用している例が多く、何が効いて治っているのかが不明でした。そして、本当にがんなのか？　その前提すらあやふやなものが多く、治ったとか有効といわれているものの根拠がなく、信じることは出来ませんでした。

そんな私にとってこのハーブとの出会いは、運命的と言ってもよいものでした。すべてが息子を助ける方向に運命が働いていたとしか思えません。私の決断も、そのような不思議な力により突き動かされていた結果のようにも思います。

私が信じたハーブで治せたことは、このハーブの歴史が真実だったことの実証以外の何ものでもありません。

# あとがき

八年経った今でも、私と息子は当時のことを話すことはほとんどありません。

完治してもなお、白血病という病名を書くことも辛く、口にしたくもない、忘れたい単語です。

がん＝死というレッテルにより、私たちは心に深く傷を受けました。でも八年経った今、「いつまでも、そんなレッテルにこだわる必要はないのではないか」と思い、数冊の日記をもとに、記憶の糸をたぐり寄せながら、ありのままの体験と私の感じたままを整理しながら、この原稿を書き始めました。

　この原稿を書くことで、息子を傷つけることは出来ません。けれど、本でもテレビでも、がんで助からなくて亡くなる人のことを知るたびに、ハーブを飲んだら助かったのかもしれない。私の心はいつもそこで歯痒《はがゆ》い思いに捕らわれます。

教えてあげることができたら……試してみようという人もいて、命が助かったかもしれないのに、と、思ってしまう私がいました。

原稿が出来る頃、息子にどう思うか聞いてみました。

「僕は何もしていないし、すべてお母さんがやったことだから、そのことが人の役に立つのなら教えてあげた方がいいんじゃないの。僕はほとんど治療せずに元気でいられる自分は特別で、奇跡なんだと思っていたよ」と答えてくれました。

現代医学の間違った治療法で治らないので、がんは恐いものと世間一般が思っているだけ。本当はそんなに大変な病ではないのではないか？

医者が良いと思うものが絶対ではない。医者は神ではない。

真理をわかるのは医者だけでしょうか？　情報が溢れる現代において、自分で考えて真実を見極めて欲しい。心からそう思います。

逆にあの時、私が一般常識に捕らわれて、ハーブを飲みながら標準治療もすべて受け入れていたら、ハーブで治っていることもわからずに何年も治療が続いたことでしょう。

その結果、体はボロボロになり、治療のために息子は命を落としていたかもしれません。

「選択を間違えていたら」そう考えるのも、想像するのも恐ろしいことです。

フェニックスの会でお会いした方に私の決断を話した時、

「私にはできない。息子さんが治ったとしても、それを自分が出来るとは思わない」と、驚きとも感嘆ともとれる様子で言われたことがありました。

我が子の命なのに、医師にすべて預けてしまうのですか？　母親として、それで納得できるのですか？

私は、心の中でそう叫んでいました。

私は、人生や命を掛けて闘うべき病なのに、医者任せでは納得できませんでした。この病はそれほど過酷でした。だから、医者に任せることができなかったのです。

息子も私も主人も、このレッテルに心ならずも苦しみました。私がそれは違うと思っても、世間はがんと聞けば「壮絶な死」「途方もない副作用と過酷な治療」というのを連想します。がんを治すための三つの方法「外科手術・抗がん剤・放射線治療」がどれも人体を破壊し、副作用との苦しい闘いは免《まぬが》れない病であるということを知っているからです。そのため、「がんだなんて可哀そうに」という同情とも哀れみともとれる感情を、患者やその家族に向けてくるのでしょう。

私は誰にも同情されたくありませんでした。ですから、親族以外には知らせずにもう大丈夫という時まで、一切秘密にしていました。

自分の直感を信じ、効果的に的確に実行できた自分を、今は少し誉《ほ》めて挙げたい気分です。

しかし、その私の決断を側面からサポートして後押しをして下さったのは、購入先の方でした。一番良くこのハーブのことを理解している方に、疑問に思うこと・心配なことを、そのつど相談していました。

私が読んだ記述の中には、固形がんを治してはいましたが、血液のがんに対しては治っている例はありませんでした。その時にその方が「C型肝炎が消失している方がいますよ」と教えて下さいました。

そして、民間療法ががんは全身的な病気と考え、健康な体はがんになることはないという考え方を持ち、根本原因を正し、身体の自然な免疫系統を立て直せば、本来人間が持っているガン細胞を殺す力を高めることができるのだということを、私に自然にわからせてくれました。

治療を止めなさいとは一言も言いませんでしたが、迷っている私の背中を力強く押して下さったのはこの方でした。

この本を読まれた方も、私と同じようにご自身や患者やその家族としてこの病はどうなのだろうか？　など聞きたいと思われる方がいらっしゃるかもしれません。そのような問い合わせをも考慮して、連絡先をご紹介しておきます。

ハーブライフ　　電話番号０４７０／３８／４３２０

平成十五年八月

櫻井　妙子

闘病せず～白血病からの生還～

2003年10月22日　第1刷発行

著　者　櫻井　妙子

発行人　浜　　正史

発行所　株式会社　元就《げんしゅう》出版社

〒171-0022　東京都豊島区南池袋4-20-9
サンロードビル2F-B

電話　03-3986-7736　FAX　03-3987-2580

振替　00120-3-31078

装　幀　純谷　祥一

印刷所　株式会社　シナノ



ISBN4-86106-000-1 C0095

渡辺ジュン

# ａｂｌｅ／エイブル

**生まれるだけで冒険だった。**ダウン症の息子に教わった新しい生き方―二〇〇一年『毎日映画コンクール記録文化映画賞』受賞作『ａｂｌｅ』に出演した渡辺　元の母親が描く二十年の行跡。

私の人生を変える大きな出来事が二つありました。一九八一年四月二十日、次男・元が「ダウン症」で生まれたこと。そして二〇〇〇年十月二日『ａｂｌｅ』の小栗監督から元に出演依頼の電話を受けたことでした。

■定価一五〇〇円（税別）